KB202237

현대시세계 시인선 180

귓속의 이야기

귓속의 이야기

오광석
시집

도서
출판 북인

오늘 저녁에는 라면을 끓였다
대파를 한주먹 넣고 먹었다

국가는 국민의 것이며
국민을 위해 존재한다는
믿음이 깨지지 않기를

국가 권력에 희생된
이 땅의 모든 이들에게
이 시집을 바친다

2025년 4월
대통령 탄핵 선고 전날이자 제주 4·3추념일

오광석

차례

시인의 말 5

1부 미치는 날에 만나요

시오름의 봄 · 13

청문회 · 14

계엄령 · 15

나비 · 16

패션시대 · 18

이계의 존재 · 19

싱크홀 · 20

술잔 속 세상 · 22

워프 · 24

시간의 바다 · 26

세상의 끝에는 요정들이 살고 있을까 · 28

밤의 사막 · 30

어둠의 장막 · 32

소주비가 내리면 · 34

미치는 날에 만나요 · 36

2부 귓속의 이야기

섬의 새벽 · 39

귓속의 이야기 · 40

트롤의 노래 · 41

손가락 · 42

전망대 · 44

바닷가 그 집 · 46

어둑시니 · 48

과거에 묻힌 이름 · 49

금능바다를 바라보아요 · 50

바퀴 없는 자전거 · 52

박성내의 밤 · 54

여우물 아가씨 · 56

그슨새 · 58

환마幻魔 · 59

즐거운 제삿날 · 60

3부 사라진 마을 남겨진 사람들

땅속 아이 · 65

늘 봄 · 66

오래된 유물 · 68

구멍 난 다리 · 70

대살 · 72

허벅 장단 · 74

좁은 돌집에 우리 모여 살았지 · 75

검은 겨울의 꿈 · 76

귀가 · 78

너산밧 · 80

자리왓 돌담 · 82

숨은 아이를 찾으러 숲으로 간다 · 84

섬의 고리 · 86

까마귀 마을 · 88

동백冬魄 · 90

4부 기억 속에 살아나는

오동도 동백꽃 · 95

동백의 꿈 · 96

손가락총 · 98

골령골 사람들 · 100

흑백사진 · 102

흑백사진 속 아이들 · 104

오륙도 등대 · 106

터진목의 귀향자들 · 108

잠든 아이를 업고 가네 · 109

부활하는 아이들 · 110

영도 등대 · 112

궤 · 114

장두의 길 · 116

사라진 사람들이 돌아온다 · 118

구술 · 120

해설 기억을 위한 끝없는 이야기 / 현택훈 · 122

1부

미치는 날에 만나요

시오름의 봄

한겨울 땅속 깊은 자리
응어리진 혈血
실금 같은 햇살에 녹아 올라온다

붉은 동백꽃으로 핀다

청문회

모릅니다
제가 왜 여기 있어야 하는지
누가 여기에 앉혔는지
아는 게 없습니다
그냥
주는 대로 받아먹고
받는 만큼 사례하고
시키는 대로 열심히 뛰어서
뛰는 만큼 챙겨놓고
되는 대로 긁어모아
눈치껏 살아온 거 빼고는
저는 모릅니다
그렇게밖에 대답할 수 없습니다
그렇습니다
이 자리에서만큼은
바보가 되라 했습니다

계엄령

아니에요
총은 그저 장식품이에요
쏘지 않을 총을 들고 다닌 거예요
군홧발 소리 안 나도록
살금살금 걸었어요
미리 짜둔 각본대로
헬기 타고 버스 타고
조용히 이루려고 한 거예요
시민들의 곤한 잠
깨울 생각은 없었어요
그저 얼른 끝내고
새로운 아침을 보여주고 싶었어요
모두가 일어났을 때
붉게 떠오르는 해를
바라보게 하고 싶었어요
협의와 표결 대신
저의 위엄으로 이루는 나라
높은 자리에서 내려다보니
한번 해보고 싶었어요

나비

전직신청서를 보낸 후
12층 사무실에 앉아 있는데
꽃 그림 바탕화면 모니터 위에
나비가 날아와 앉는다
높은 자리까지 어떻게 올라왔을까
나비도 도시에 익숙해져
승강기를 타고 올라온 걸까
생화 한 송이 없는 공간
자리잡은 나비
어찌 살아가야 하나
날개가 점점 처져 내려간다
어린 딸아이가 떠오른다
나비를 보여주고 싶어
높은 아파트들과 아스팔트 위
달리는 자동차만 보이는 공간
처진 어깨로 살아온 날들
꽃밭에서 자라야 할 아이들이
활짝 꽃 웃음을 피워야 할 아이들이
늘 학원 뺑뺑이에 시달려
집으로 들어오는 모양이

꽃밭을 찾지 못해 말라가는
나비를 닮아 있다
바탕화면 꽃 그림처럼
자리에 박혀 있는 난
꽃을 키우는 곳을 찾아가려
자리를 정리한다

패션시대

패션의 선두를 달리는
간판이 빛나는 가게
투명한 유리창에 비치는 네온의 거리
반투명한 구두와 즐비한 옷들 사이로
최신 유행의 패션복에
몸을 끼워 맞춘다
활짝 핀 얼굴로
새 옷에 몸을 집어넣고
옷이 짧다고 다리를 잘라내고
소매가 길다고 팔을 잡아 늘이고
가슴이 꽉 낀다고 가슴살을 잘라내고
고통을 참으며 최신 유행이라
포즈를 취하고
일그러진 미소를 짓는다

이계의 존재

거대한 꽃봉오리 위에서 낮잠을 자다 떨어졌네
사방에 거대한 꽃줄기들이 하늘 위로 솟아나는 공간
꽃잎에 가려 햇빛마저 들지 않는 음습한 땅

다가오는 이계의 존재
여섯 다리를 움직여 다가오네
앞발에 날카로운 톱니를 내밀고 쉭쉭거리네
그물망 같은 두 눈에 주변을 더듬는 섬세한 더듬이
탁탁 부딪치는 집게 입

사방에 널린 바위들 틈에 엎드려
숨소리도 가늘게 심장도 막고 어찌할까 고민하는데
뚝뚝 물줄기 소리에 올려다보면
거대한 이파리에서 떨어지는 물방울

아! 환계의 어떤 문을 열었길래
기괴한 공간에 떨어졌나 울상을 짓는데
머리 위로 커다란 물방울 하나 떨어지네
차가움에 일어나 앉아보니
왼손등에 병정개미 한 마리 올라타 더듬고 있네

싱크홀

단골 주점 바닥에 생긴 균열
깊이를 알 수 없는 공간
까마득히 들려오는 소리들
누군가가 나를 부르는 소리들

추락하는 거는
어딘가로 일탈하는 거
바닥 없는 엘리베이터를 타고
세상의 중심까지 내려가는 거
끝없이 떨어지다보면
결국 마주치는 빛
다른 세상으로 가는 출구

빛으로 나가면 보이는
나지막한 언덕 위 오두막집
멀리 바다가 보이는 현관
마당 앞 커다란 팽나무와 벚나무
가지에 매인 해먹

아이들이 뛰어노는 소리

불판에서 지글지글 익어가는 고기
웃으며 저녁 야외 식탁을 차리는 사람들
뒤편으로 보이는 노을들

다른 세상에서 웃고 떠들며 놀다
꾸벅꾸벅 취해 졸고 있을 때
누군가 깨운다
문을 닫을 시간이라며
웃는 주점 사장님의 얼굴

술잔 속 세상

술을 먹다 잔 속에
작은 은하가 보인다

무수한 별들이 반짝이는 은하
구석 자리에 작은 별 하나

푸르고 초록의 반짝이는 별
솜사탕 같은 구름 사이로 파란 바다
하얀 해변과 넓은 잎의 나무들
나무 그늘 사이로 보이는
초롱초롱한 눈동자

드루이드일까
나무요정일까

저곳에 가고 싶어
빌딩도 아스팔트도 없는
자동차도 스마트폰도 없는
외계의 별

홀로 불시착하여
나무 뒤로 오두막을 짓고
앞마당 평상에 걸터앉아
저무는 황혼을 느끼고 싶어

눈동자에 빨려들어 몽롱해진 채
술잔 깊이 빠질 무렵
잔에 뭐가 묻었냐며
타박하는 목소리
눈을 깜박이며 고개를 돌리면
친구의 벌건 얼굴이 보인다

워프

삼양에서 냉동삼겹살을 구워 먹는데
식당 창밖을 보니
하얀 존재들이 내려오고 있다
어디서 이 세계로 왔을까
아무것도 없던 하늘에서
쏟아져 내리는 순백의 별들
육백광년 너머
케플러 22-b 얼음 행성
순수한 물의 정령들이
워프게이트를 열고 넘어온 걸까
남은 소주를 털어먹고
외계의 이주민들을 맞으러 간다
투명한 날개를 지닌 당신들은
단 하루만 이 세계를 살아가더라도
슬퍼하지 말기를
먹고사는 것도 힘든 공간
돈으로 만들어진 것들이 더 악을 쓰고
정치는 억압을 앞세워
하루도 버거운 세상
깨끗이 정화해주기를

술기운에 외투가 하얗도록
팔 벌려 기다리는데
같이 거리에 나선 친구들은
춥다며 나를 잡아끈다

시간의 바다

끝없이 울리는 전화와 모니터의 번뜩임
피곤에 절어 반쯤 감긴 눈으로 벽시계를 본다

시계가 환각처럼 흔들거리다 분열하더니 터진다
넘실넘실 시간들이 넘쳐 바다가 된다
그 위로 시계들이 떠다닌다
구부러진 시계 흐물흐물 녹아내리는 시계
구겨진 시계들이 시간의 대해에 떠다닌다

파도에 떠밀려온 해변
눈을 감은 사람들이 머물러 있다
성지에서 기도하는 순례자들처럼
엄숙하게 꿈의 해변에 머물러 있다

네모난 사무실 비좁은 파티션에 숨어
시계를 빨리 돌리던 사무원들은
시침이 녹아 떠다니는 시계를 부여잡고
흐르는 시간의 대해 한가운데 허우적댄다

발밑에서 찰랑거리는 시간들을 느끼는 나는

기도하는 순례자들과 발버둥치는 사무원들 사이
해변과 바다의 경계에서 어쩌지 못해 서성인다

햇살이 쏟아지는 해변
반짝반짝 빛나는 시간 조각들
파도 속에 빛난다

세상의 끝에는 요정들이 살고 있을까

세상의 끝으로
여행을 떠나는 꿈을 꾼다

톨킨의 상상처럼
회색 항구에서 배를 타고
서쪽 끝을 향해 가다보면
뿌연 안개 너머의 땅
영원히 살아가는 요정들이 있을까

아니면
할락궁이가 다녀간
끝없이 펼쳐지는 서천꽃밭에
도환생꽃으로 환생한 사람들이
웃고 춤추며 머물고 있을까

팽목항에서 이태원에서
꿈을 펴보지 못한 채
먼저 떠난 아이들도
돈도 권력도 없는 세상의 끝에서
죽지 않는 요정으로 환생하여

웃으며 반겨줄까

꿈은 늘
세상의 끝에 도달하지 못하고
가는 중에 끝이 난다
깨고 나면 꿈의 세상을 찾아
오늘도 여행을 꿈꾼다

밤의 사막

기나긴 송별 회식이 끝나고
집으로 돌아가는 길
어두운 밤 거제동 골목을 걷다가
밤하늘을 올려다본다
인공의 불빛들만 가득한 도시
멀리 희미하게 빛나는 별
길을 가다 말고 서서 바라보는
단 하나의 별
빽빽한 빌딩들 사이 골목 말고
걷고 싶었던 길은
별 보러 가는 길
확 트인 공간으로 떠나고 싶어
별빛이 흔들린다
지나치는 사람들이 하나둘 사라지고
가로등 네온사인이 점점 꺼지더니
분열하는 별
사방으로 퍼져가는 별들
눈을 떼고 고개를 돌리면
발밑으로 펼쳐진 모래들
시린 바람이 불어오는

칼칼한 사막 한가운데
홀로 서 있다

어둠의 장막

소주 한 병을 비우고 걷는
중앙동 골목은
깨진 가로등 불빛과
간혹 들리는 자동차 소리로
드문드문 채워진다
귓속에 이명을 안고 살아가는데
적막이 느껴지는 낡은 오피스텔
고장난 등이 깜박이는 계단은
어둠 속에 빛이 잠시 스쳐가는 공간
원룸의 문을 잡는다
문 안쪽 가득한 어둠의 소리
저 너머에 무엇이 도사리고 있나
모리아의 깊은 어둠 속에 있던
불의 악령 발록
이벤트호라이즌호에 남겨진
블랙홀 너머의 악령
무엇이 있든 간에
어둠 속에 누워 함께
밤을 보낼 존재가 있으면 반가울까
문을 열어본다

어둠의 장막을 서서히 걷어본다
아무도 없는 텅 빈 원룸
홀로 침대 위로 스며들어
눈을 감는다

소주비가 내리면

하늘에서 소주가 비로 내리면
주점을 찾아갈 일이 없겠지

실연당한 이들이
공원 벤치에서 깡소주를 먹지 않겠지
공사판에서 돌아오는 이들이
편의점 벤치에 앉지 않겠지
네모난 화면 종일 부여잡아
벌게진 눈으로 나오는 이들이
포장마차를 찾지 않겠지

소주가 흐르는 거리에는
서로 살을 맞대고 부비는 사람들
불그스레한 얼굴로 웃고 우는 사람들
위로 오르는 계단 따위는 없다고
고개를 숙이는 사람들
연신 잔을 비우면서도
내일의 노동을 걱정하는 사람들

오늘 저녁만큼은

모두 같은 소주를 먹겠지
소주를 찾는 사람들끼리는
빈 술잔만 하늘로 들어올리면 되는
평등한 저녁이 되겠지

미치는 날에 만나요

　늦은 퇴근길 비가 오면 녹아내리는 사람들이 빗물처럼 바닥에 뿌려져요 아스콘 바닥을 타고 흐르다 하수구로 들어가요 땅속 깊은 자리로 흘러들어가요 흘러가다 마주치는 황홀한 세계 우리 미치게 만나요 비가 그치면 다시 굳어져 서로 못 본 척하지만 사막 같은 공간에서 벗어나고 싶은 사람들 비가 오면 미치는 날 출근복은 벗어버리고 원피스 자락 휘날리며 힙합바지 내려 입고 섹시한 네온 불빛 아래 번쩍이는 입술을 하고 만나 춤을 춰요 짧은 스커트 헐렁한 멜빵바지하고 만나 껴안고 위로해요 찬란한 아침을 기다리며 뜨거운 인생을 꿈꾸고 종일 땀내 끈적한 일터에서 살아가는 우리 비 오는 날만이라도 미치게 만나요

2부

귓속의 이야기

섬의 새벽

궤에서 나온 사람들이 올려다보자 검은 하늘에서 검은 비가 내렸다 비를 맞으며 사람들은 걸었다 바다로 가지 못한 사람들은 하늘과 가까운 산으로 올랐다 검은 비가 사람들을 검게 물들이고 검은 밤은 계속되고 검은 사람들은 검은 산을 계속 올랐다 검은 밤 검은 숲에 매서운 바람이 불었다 살을 찢는 매서운 바람에 사람들은 비명을 질렀지만 들리지 않았다 검은 밤이 소리를 먹었고 사람들은 침묵하게 되었다 검은 산을 얼마나 걸었을까 무수히 많은 시간이 검은 밤에 먹히고 사람들의 목소리도 눈빛도 다 먹히고 난 후 검은 하늘에서 한 줄기 빛이 내렸다 사람들이 걸음을 멈추고 일제히 빛을 향해 올려다보았다 검은 하늘에 하나의 별이 떠 있었다 한줄기 별빛이 사람들을 비추고 있었다 검은 사람들은 별빛을 향해 걸었다 별빛은 사람들이 걷는 산길을 비춰주었다 사람들은 별빛에 다가가려 산을 걷고 또 걸었다 어느 순간 검은 하늘에 별들이 하나둘씩 늘어났고 별빛에 닿을 무렵 검은 밤은 사라지고 별빛 환한 새벽이 오고 있었다 동쪽 끝에서 불그스레 빛이 떠오르고 있었다

귓속의 이야기

그는 낮으로 이야기를 만들지 짙은 어둠을 타고 틈새로 들어오는 그는 낫 가진 이야기꾼 자는 어른들의 귀를 댕강 댕강 잘라 아무것도 듣지 못하게 아무 말도 하지 못하게 자른 귀를 모아 이야기를 만들지 그의 이야기는 귓속에 남은 부서진 섬과 산의 파편들 잘린 귀들이 쏟아내는 파편들이 뭉쳐 만든 이야기 목 없어 말 못하는 산사람들 귀 없어 듣지 못하는 섬사람들 낫을 휘두르며 꺼내는 이야기에 아이들은 자지러지는데 어른들은 두 귀를 막고 숨이 넘어가지 머리빗을 빗어내듯 낫 끝을 귓바퀴 위에 얹으면 어른들은 두 눈을 꼭 감고 이불 속에 숨어 떠는데 아이들은 간지러워 깔깔대며 옛이야기에 빠져들다 잠이 들지 오늘도 불 꺼진 방구석마다 문 닫힌 벽장 속마다 놓아둔 귓속에서 이야기가 스멀스멀 새어나오는데 그는 이야기를 들을 수 없어 아이들이 웃다 잠드는 머리맡에 앉아 상상하며 으스스 웃는 귀 없는 이야기꾼

트롤*의 노래

숲길을 걷는데 어두운 나무들 사이를 걷는데 기다란 나무 뒤편 이상한 노래가 들리네 나무 뒤 돌무더기에 숨어 이상한 노래를 흥얼거리네 파란 하늘을 보고 싶어 눈부신 햇살을 보고 싶어 나는 돌의 아이 단단한 돌의 아이 어두운 나무들 사이를 건너 노래가 들리네 아이야 어디 있니 돌아가 보면 아무도 없이 주인 모를 무덤 몇 개 돌무더기 몇 개뿐 누가 노래를 휘이휘이 부르나 어두운 나무들 사이를 걸으며 나무들 뒤를 자꾸만 돌아보게 되네 나는야 숲속의 돌 요정 숲에 사는 돌의 아이 어둠 속에서 튀어나와 해방을 외쳤다가 뜨거운 햇볕에 굳어버렸네 숲으로 숨어 돌의 아이가 되었네 노래가 좋아 휘이휘이 칠십 년 지난 노래를 부르네 언젠가 세상에 나와 밝은 햇살 아래 노래 부르고파 관음사 옆 숲길을 걷는데 휘이휘이 밝은 노랫소리가 들리네

*북구신화에 나오는 거인족. 요정의 일종.

손가락

매서운 바람이 부는 날
더 매서운 눈들이 쏘아대는 날
이호국민학교*에 모인 사람들
시커먼 총구보다도 무서운
콩 볶는 소리보다도 무서운
그것은 손가락이었다

손가락이 무서워 감은 눈
정수리와 마주치는 손가락
끝에 깃든 죽음이
정수리 숨구멍으로 쏘아져 들어가면
받아들이는 사람들

손가락의 힘은
어둠과 거짓과 폭력에서 나오는걸
살아남은 사람들의 머릿속 깊은 자리
낙인으로 박혔다

손가락은 어디에도 있다
칠십오 년이 넘어도 사라지지 않는 악몽들

손주들의 손가락이
할머니를 가리킬 때마다
흔들리는 눈동자
손가락의 힘을 기억하고 있다

학교는 사라지고 사람들은 잊혀가도
손가락은 남아 있다
보이지 않아도 어디에도 있다
누구의 손가락인지 모를 공간 속
오늘도 누군가를 가리킨다
손가락의 힘은
그때부터 커진 건지도 모른다

＊제주4·3 당시 토벌대가 이호2동 사람들을 집합시키고 학살한 장소. 지금은
학교가 사라지고 흔적이 없다.

전망대

높은 자리에서 바라보면
다들 개미 같아요
땅바닥만 바라보며 걷는 개미들
오늘도 개미굴 속으로 들어가는 개미들과
나오는 개미들이 엉켜 있네요
줄지어 들어가고 나오는 개미들은
하루 종일 위를 바라볼 일 없겠지요
바닥에 붙어버린 이차원의 생물들
고개 들 수 없게 태어난 거예요
높은 자리에서 내려다보면
다들 저리 조그맣게 보이는걸
바닥에 붙어다닐 때는
참 납작하게도 살았네요
그래서 높으신 어른들이
윗자리에 올라가려 애쓰나봐요
꼭대기에 올라앉은 채
내려오기 싫은 건가봐요
전망대에서 바라보면
세상이 이리도 조그맣게 보이는걸
삼차원의 공간에 올라선 사람만이

알고 있는 거예요
저 바닥 이차원의 공간에 갇히면
다시는 높은 자리로 돌아올 수 없다는걸
높으신 분들은 다들 알고 있나봐요
그런데 이 높은 공간에
바람이 많이도 불어오네요
차가운 칼바람들이 사방에서 불어와
살갗을 헤집어 아픈 것이
높은 자리에 오래 있고 싶지 않아요
잠시 머물다 돌아가야겠어요
하늘이 부럽지는 않네요

바닷가 그 집

태홍리 집에 가면 늘 바다 냄새가 났다
돌문어 삶은 냄새 우럭 비늘 냄새 전복 껍질 마른 냄새
물질하고 돌아온 고모의 냄새

코끝으로 밀려오는 냄새가 싫어
차 안에 웅크리고 앉은 나를
형은 당겨 내리며 말했다
우리는 바다에서 태어나는 거야

방문 너머 비릿한 냄새 사이
동생들을 끌고 불타는 가시리를 떠나
바닷가로 내려온 고모
타들어가는 가슴에 끼얹은 파도 소리
수십 년의 시간을 넘어 밀려오는
불면과 통증의 파도 소리
형과 내가 나란히 누워 보내는 밤

바다를 보고 싶었어
파도 속에서 일어나는 꿈들을 보고 싶었어
형은 말했지

우리의 꿈들은 바다 깊은 자리에 가라앉아 있는 거라고
바다로 돌아간 사람들이 안고 간 거라고
태풍이 몰아치는 날
바다를 가보고 싶었어

거대한 파도를 타고 온 꿈들이
땅을 밟고 올라오는 꿈을 꾸었지
두런두런 시간 속에 묻힌 이야기들로
밤새 뒤척이다가 새벽녘 잠들던

다시 돌아간 그 집
바다로 돌아간 고모의 냄새가 났다

어둑시니*

　소개령이 끝나고 섬에 생기가 돌아오는 봄날 고림동 돌성에 어둠이 내리자 멀리서 들리는 소리 나뭇가지가 꺾이며 누군가 다가오는 소리 경비 망루에서 바라보는 열다섯 소년의 눈이 커지고 몸이 오그라드는데 어둠의 근본이 마을을 향해 다가오네 마을 사람들을 깨워야 하는데 부스럭부스럭 들려오는 녹다 만 눈을 밟는 소리 소년의 손에 쥔 죽창이 다닥다닥 떨리는 소리 다가오는 어둑시니는 바라보면 볼수록 거대해져 가는데 소년이 마을을 지키기 위해 배에 힘을 주고 지르는 고함소리 마을 사람들이 놀라 집에서 통시에서 대기소에서 뛰쳐나오는 소리 아래로부터 솟아오르는 용기에 성 밑을 바라보는데 내려다보면 볼수록 어둑시니는 작아져 동글동글하게 뭉쳐지네 다가올수록 작은 형상이 되어 넝마 같은 갈중이를 걸친 아이가 올려다보네 배가 고파서 산을 내려왔다는 아이가 소년을 바라보네 어둑시니를 이긴 소년의 손에 힘이 빠지고 죽창이 바닥에 떨어지는 소리 산을 내려온 아이가 지쳐 흙밭에 풀썩 주저앉는 소리 소년은 망루에서 내려와 아이에게 달려가 업네

*한국 민담 요괴. 요정의 일종.

과거에 묻힌 이름

섬에
폭설이 그친 날

산쪽 아이들과 바다쪽 아이들이
각명비를 사이에 두고
눈싸움을 한다

뒤에 숨은 산아이들이
눈송이를 뭉치는 동안 각명비는
방패가 되어준다

쏟아지는
눈의 총탄들

하얗게 묻히는 각명비 위로
겨울 햇살이 비춘다

눈이 녹아 흘러내리자
과거에 묻힌 이름들이
솟아나 운다

금능바다를 바라보아요

돌탑 위에 앉아 있어요
늘 바다를 바라보는 자리
검은 날개를 퍼덕여보다가
슬그머니 접어넣어요

온몸이 거멓게 변해버린 건
산에 핀 불꽃 때문이 아니라
기다림의 세월이 길어서일까요
바다 너머로 날아오를 날들
숨죽여 기다리다
등 굽은 채로 앉아 굳어버렸어요

새날을 꿈꾸는 건
멈춰버린 심장을 두드리는 일
날아가는 꿈은
육신을 새로 만드는 일
돌탑 위에 앉아 늘 꿈을 꿔요

그리하여
검은 날개를 가진 채

바다를 향해 돌아앉아 굳어버린

잊힌 섬의 기억들

바퀴 없는 자전거

자전거를 타고 싶어
페달을 돌리면
붕 하고 떠오르는 자전거
어릴 적 놀던 동네 뒤
연못 위로 날아가보고파
서서 보던 영화 E.T 주인공처럼
설레게 하던 중앙로 현대극장 자리
그 위로 날아가보고파
자전거를 배우지 못해
바퀴 달린 자전거가 싫어
날아가는 자전거를 갖고 싶었어
하늘로 날아가다 보이는
어린 날들이 부서지고 흩어져
희미해진 공간
비 온 다음날
흐르는 물가에서 놀던 아이들
빨래하던 아주머니들
모두 사라지고 없는
메마른 병문천
아스콘과 콘크리트로 덮여

기억 저편으로 사라지기 전
한 번즈음 사람 냄새 풍기던
어린 날들로 돌아가고파
쇼핑앱에서
바퀴 없는 자전거를 검색한다

박성내*의 밤

구름에 가린 달빛 근근하게 비추는 밤
박성내 옆길을 지날 때 소리가 들렸어요

뒤돌아보면 아무도 없는데
스윽스윽 끌며 따라오는 소리
발걸음 소리 크게 기자촌으로 급히 걸어도
누구 하나 내다보지 않는 이상한 밤
흐윽 소리에 뒤돌아보자
길옆 어두운 자리에 선 한 남자

아내도 아이도 잃고 홀로 배회하는 날들
구멍 뚫린 가슴에서 바람 소리 들려온 날들
돌아가고픈 조천리 집은 사라지고 없는지
돌고 돌아도 박성내 이 자리
헤매는 날들이 길어질수록 변해가는 자리
거멓게 사라져가는 날들
누군가 돌아보면 나 여기 있소 부르는데
돌아보는 이마다 부르르 떨며 도망치네
붙잡고 넋두리하고 싶어도
벗어날 수 없는 박성내

풀어헤쳐진 머리 핏기 스민 갈중이
무서워 오돌오돌 떠는데
고개 돌려 박성내를 바라보다 스윽 사라졌어요
그만 돌아갔지 싶어 되돌아가는데
바로 오른쪽 귀 뒤 차가운 한기
소스라치며 동그랗게 눈을 떠보니
박성내를 지나는 500번 버스 뒷자리
꿈인지 생시인지 어리둥절해 있었어요

*제주 산지천 상류. 제주4·3 '자수사건'으로 150여 명이 학살된 터.

여우물* 아가씨

비가 부슬부슬 내리는 날 여우물터에 한 아가씨가 앉아 있는데
집으로 돌아가던 한 사내가 발길을 멈추고 눈을 마주치는데

아가씨 어여쁜 옷을 입고 뭐하니 깔끔한 사내 불러주길 기다리니 여우물가에 앉아 새치름한 얼굴을 하고 립스틱 없이도 짙은 입술을 하고 별 같은 눈을 가진 아가씨

길 가던 사내를 붙잡으며

오라버니 데려가주세요 나를 안고 데려가주세요 외로운 밤 홀로 몸을 비비지 말고 나를 안고 가주세요 당신의 밤을 즐겁게 지새우고 황홀한 오르가즘을 느낄 때 당신의 눈에 코에 입술에 입을 맞출게요 입술 속에 묻어놓은 송곳니를 꺼내놓을게요 당신이 자는 사이 당신의 피를 빨아드릴게요 살과 뼈를 발라 사랑할게요

사내가 두 손을 잡아끌며

아가씨 어여쁜 비바리 옷을 입고 송곳니를 감추려 오므린 입술을 하고 뭐하니 아가씨 백 년 묵은 해골에 아리따운 화장을 한 번쩍이는 눈을 가진 아가씨 너를 묶고 가서 긴긴 밤을 지새우마 아가씨 집에 사나운 사냥개는 없으니 걱정 말고 따라오렴

*옛날 제주도 서귀포 법환동 인근의 샘물. 백 년 묵은 여우의 설이 있다. 현재는 터만 남아 있다.

그슨새*

산속 깊은 골에 무섭고 음습한 것들이 산대 햇볕도 잘 들지 않는 어둑한 산마을에 산대 산마을 모두 불 질러 깊은 곶자왈 궤 속 세상까지 쫓겨갔다가 산을 내려와 아이들을 잡아간대 해 질 무렵 마을로 내려와 사람들을 잡아간대 마주치면 마을 사람의 얼굴로 다가와 홀리는데 산으로 찾아 들어간 너희 아비 어미 형제들이 돌아오지 못하는 건 마물들이 잡아먹었기 때문이야 마물이 잡아먹은 가족들의 얼굴로 산에서 내려와 달콤한 말로 꾀어 산으로 데려가려거든 돌로 맞히고 죽창으로 찌르렴 무서워하지 말고 돌로 성을 쌓아 마을을 지키렴 돌로 높은 성을 쌓아 너희를 잡아가지 못하게 하렴 검은 마물들이 넘어오지 못할 만큼 돌로 성을 쌓으렴 산을 내려온 마물들이 가족의 얼굴로 죽어도 모두 불태워버리렴 우리는 낮에 찾아와 너희 곁에 있을게 마물들의 위협에서 지켜줄게 내 주젱이** 안에 희미한 검고 긴 날개를 본 적 있니 보아도 못 본 것이라야 해 음울한 날개가 퍼덕이는 소리를 들었니 들어도 못 들은 것이어야 해 마물이 되기 싫으면 그저 성을 쌓아 그 속에서 살아가렴

*제주도 전통의 악귀.
**주저리의 제주어.

환마幻魔

독감이 찾아온 날 침대에 누워 연신 오돌오돌 떨다 눈을 뜨자 거대한 절벽에 서 있었지 아래에 돌풍이 치고 올라와 휘말려 빙글빙글 돌다 어느 꽃밭에 떨어졌지 만발한 꽃들을 넋놓고 보는데 꽃감관이 나타나 서천꽃밭을 침입한 이유를 물었지 돌풍에 휘말려왔다고 하자 꽃감관이 이르길 섬의 아이가 항쟁을 끝내지 않고 이리 도망쳤느냐 하늘의 법도를 어긴 대역죄로 초열지옥으로 떨어지리라 산사람이 어찌 지옥에 가느냐며 꽃밭을 구르는데 대지가 갈라지며 솟구치는 화염들 활활 타오르는 몸을 바라보며 비명을 질렀지 나는 아니오 나는 아니오 비명을 지르다 일어나 돌아보니 뜨거운 온돌방 바닥이네 불 꺼진 열기 가득한 어린 날 익숙한 좁은 방안 무슨 꿈인가 싶어 다시 돌아보자 사십 년 젊은 어머니가 무슨 땀을 그리 쏟아냈냐며 연신 이마를 닦아내고 있었지 하 꿈인지 환상인지 이리도 지독하네 눈물이 뚝뚝 떨어져 내리는데 사내자식이 이까짓 독감 하나 이기지 못한다며 타박하는 아내의 목소리에 현실로 돌아올 수 있었지

즐거운 제삿날

이른 추위가 찾아올 적
한라산에 첫눈이 내릴 적
집에는 제사상이 차려졌다

저녁 내내 동네를 뛰어놀다
밤새 눈을 비비며
제사 끝나기를 기다리는 아이들
쏟아지는 졸음에 앉은 채 꾸벅 졸다가
방구석에 누워 잠들고는 했다
그러다가도 음복상을 차릴 때면
그새 일어나 상 앞에 앉고는 했다
한 점이라도 더 먹으려
밥 위로 올려놓는 고기산적
어른들은 눈웃음을 짓다가도
숨은 이야기로 수군대고는 했다

제삿날이 한 달에 한두 번
해 넘어갈 동안 서너 번 지나고 나면
설 떡국을 먹었다
추운 겨울이 오기만을 기다리며

한 해 두 해 지나는 동안
아이들은 어른이 되었고
조금씩 쌓여가는 숨은 이야기들
제삿날마다 모여 앉았지만
웃는 날보다 수군대는 날들이 늘어갔다

죽음으로 살아 이어지는
가족의 역사를 들려주는 자리
모여 앉은 어른들 사이
희미하게 보이는 숨은 이야기들
다시 아이들이 웃고 떠드는 날들이
돌아오기까지 수십 년이 지났다

3부

사라진 마을 남겨진 사람들

땅속 아이

바람이 살을 자르는 소리 오싹한 날이었어 머리가 갈라진 아이가 빌레* 위에 앉아 있었어 철문으로 막힌 굴을 보며 울고 있었어 갈라진 머리가 아파 부여잡고 우는데 갈라진 공간에서 솟아난 흉측한 얼굴 아이를 돌에 메다친 악귀**의 얼굴 갈라진 머릿속에 갇혀 일그러져 있었어

마계로 떠나지 못한 악귀를 가둔 머리가 반으로 갈라진 채 아이는 울며 헤매었어 산 위에서 칼날 같은 바람이 내려와 악귀의 얼굴을 자르면 아이는 밝은 세상을 보며 별처럼 반짝이는 눈을 꿈뻑거렸어 바람이 떠나면 악귀의 얼굴이 불쑥 솟아나 갈라진 머리를 부여잡고 울었어

어디선가 아이를 찾는 소리가 들렸어 땅속 깊은 자리에서 잃어버린 아이를 찾는 소리가 들렸어 아이는 땅속 세상으로 돌아가고 싶어 다른 굴을 찾아 헤매다 빌레 위에 앉아 울었어

*평평한 암반을 뜻하는 제주어.
**빌레못굴 학살 당시 토벌대가 서너 살 아이의 다리를 잡아 머리를 바위에 메쳐 죽였다.

늘 봄

집으로 가는 길은 늘 바다를 바라보는 내리막길이었지

전쟁놀이에 대낭 찾아다니던 봄날 웃드르 함박이굴* 골
목 대낭밭에서 밑동이 불그스레한 대낭을 꺾어다 놀았지
내창에서 골개비를 잡아 대낭 뾰족한 끝으로 찔러 굽기도
했지 무너져가는 돌담길 사이에 모여 앉아 잡아온 독다구
리 지넹이 골개비 자랑하다 날이 저물곤 했지 해 질 무렵 도
채비불 쫓다 대낭밭에서 흐윽흐윽 소리가 들릴 때야 집으
로 내려가곤 했지 내려가는 동안 올라가는 아이가 없는 걸
당연하게 여겼지

가로등 하나 없던 검문소 너머 마을의 흔적들 사라져가
는 어린 기억들 그 자리에 솟아난 꿈들이 빌딩만큼 자라난
후에야 알아버렸지 잘라 놀던 대낭밭이 설화처럼 희미해져
가는 옛집을 지키고 있었다는 걸 무너져가던 돌담길은 옛
집으로 가는 올레라는 걸 잡아온 독다구리 지넹이 골개비
처럼 비명도 못 지르고 죽어가던 날 일렁이는 인광만 남긴
채 비어버린 마을

한동안 오르지 못한 웃드르의 자리 어느 봄날 복개된 내

창 위로 아스팔트가 깔렸지 네모난 성곽 같은 콘크리트 건
물들이 건설되었지 삭막하게 돌아온 사람들 대낭도 올레도
독다구리도 골개비도 땅속 깊은 자리에 묻혀 사라진 곳 이
제는 늘 봄으로 기억되었지

*제주시 노형동에 있던 제주4·3 당시 사라진 마을.

오래된 유물

어떤 것들은 오랜 시간이 지나 산에서 내려오곤 했다

선흘리 아이들은 오름과 굴을 놀이터 삼아 산을 오르곤
했다
산 중턱을 쏘다니며 옛 시절 유물들을 찾아헤매곤 했다
도틀굴 목시물굴 곶자왈에서
깨진 그릇과 녹슨 탄피 뼛조각을 주우면 영웅이 되어 자
랑하곤 했다
서쪽 오름 위에 해가 걸릴 즈음 집으로 내려가는 아이들
놀다 만 깨진 그릇과 탄피들은 어느 구석에 박혀 잊히곤
했다

뜨거운 항쟁이 거대한 산이 되어 일어난 시절
산을 오른 사람들은 붉은 칼날이 되었다
활화산 같던 열기는 소개령에 막혀 식어버렸고
붉게 물들었던 산이 앙상해지자
칼날 같은 죽음들이 우수수 떨어져 엄혹한 겨울 땅속으
로 묻혔다

산 중턱을 오가던 사람들에게 밟히고 밟혀 기억조차 희

미해지던 날

　　굴삭기와 콘크리트로 또 한번 산을 소개하는 자본가들
　　궤와 곶자왈에서 파내어져 산에서 내려오는 유물들
　　내일을 모르는 노동자가 되어 돌아온 아이들
　　그 시절 놀던 땅을 파헤쳐 다시 찾아낸 항쟁의 파편들

　　산에서 내려온 건 푸석해진 뼈의 조각들 녹은 살점들
　　오랜 시간이 지나 산에서 내려오는 바람이 불었다
　　희미한 울음소리가 산기슭을 타고 내렸다

구멍 난 다리

그녀의 다리에는
지나온 날들로 메워진 구멍이 있다

절뚝이는 다리로 하루를 돌아다니다
밤이 되면 억지로 구겨넣어둔 날들이
하나둘 터져 올라온다

구멍 난 자리
메워진 것들을 바라보면
스멀스멀 올라오는
구멍 난 기억들

널브러진 주검들 너머
빙그물궤*에 버려진 날
긴 어둠 속에 눌러두고 온
기억의 파편들
절뚝이며 산을 내려와
절름발이가 되어버린 진실을
업고 살아온 날들
헛총 소리 들릴 때마다 돌아보면

비틀어진 채 쏘아대던
눈총의 기억들

날것 그대로 터져 올라와
총알이 되어 쑤시는 밤
잠들지 못하고
허벅지 무릎을 주물러 가라앉힌다

주물주물
밤새 다리를 주무르다
아침이 오면
아무렇지도 않게
새날을 맞아 돌아다닌다

*제주4·3 당시 군경이 쏜 총에 다리를 맞은 부순녀 씨가 혼자 버려졌던 동굴.

대살

아들 대신 아버지가 죽었다
아련하게 들리는 총소리
갑선이오름을 타던 아들은
아버지 대신 살았다

난리가 끝나고 돌아와
버들못에서 유해를 찾아 장을 치르고
질기도록 살았다

혁명이니 군사정권이니 칼날 같은 세상
맨몸으로 시내 막일로 밤 없는 날들로
집도 가족도 새로 일으켜 아들들 반듯하게 키운
아버지로 살았다

민주화 바람에 거리로 나선 아들들
잘라내지 못한 연좌의 굴레
몰래 떨리는 가슴을 부여잡고
나 대신 아버지가 죽었어
가족들에게도 털어놓지 못해
주름투성이가 되도록 살았다

아버지가 억울하지 않을 만큼

대통령이 내려와 사과하는 방송을 보며
풍선처럼 빠지는 기력
하루의 반을 누워 살아갈 지경이 되었을 때
몸은 녹아내려도 기억은 점점 또렷해졌다

아버지가 대신 총에 맞던 그때
그런 줄도 모르고 무서워
오름으로 곶자왈로 궤 속으로
산짐승처럼 숨어
아버지 대신 살아난 그때

젊어지는 기억들
자꾸 죽었어야 할 날들로 되돌아갔다
걱정스레 지켜보는 아들들의 얼굴
아버지의 얼굴이 보였다
주름진 손으로 꼭 잡고 말했다
나 대신 오래오래 살아줘써

허벅 장단

물허벅을 등에 이고
용천수 길러가는 발걸음
안긴 아이는 햇살을 받으며 곤히 잠들고
여인은 걸으며 노래를 흥얼거린다

무자년 학살에 산으로 바다로
사내들은 떠나 돌아오지 못하고
섬엔 여인들의 숨결만 남아
물허벅 두드리는 소리 구슬프게 울린다

고된 삶에도 정을 나누며
힘든 노동 속에도 피어난 노래꽃
척박한 땅에서 피어난 강인함

용천수에서 삶의 기쁨과 슬픔을 담아
돌아오는 여인들의 삶은 깊고 넓다

오래도록 기억될 여인들
물허벅 속에 담긴 이야기들

좁은 돌집에 우리 모여 살았지

허름한 벽채와 겨우 빗물을 막는 낙선동 초가 밑에 열댓 명이 누워 잤지 바닥에 깔린 멍석 위를 돌아누울라치면 걸리는 몸뚱이들 손을 뻗으면 만져지는 큰 누이의 젖가슴 좁은 돌집에 모여 살았지 해가 뜨면 해가 질 때까지 돌성을 쌓아올리는 우리는 세상 속에 좁은 세상을 만들었지 험상궂은 경찰이 또각또각 다가오면 움츠린 채로 눈을 내리깔아라고 누이는 말했지 성 밖으로 나가보고 싶어 성 밖에 있는 우리 집에 가보고 싶어 밤마다 누이에게 속삭였지 그때마다 눈물방울만 훔치던 누이 돌아오지 않는 아비 어미를 기다리며 돌성 입구 바닥에 그림을 그리며 놀았지 산 밑으로 마을길을 따라 그리고 돌담길을 따라 그렸지 입구 옆으로 뒷간을 그리고 마당을 그렸지 가운데 작은 집 마루에 아비 어미 누이를 그리고 초가 뒤로 그리는 대나무 옆으로 팽나무를 그릴 때 바람이 불어 헝클어졌지 우는 소리가 들렸지 성 입구에 자라는 팽나무가 잃어버린 가족을 찾아 울었지

검은 겨울의 꿈

창고에 고구마처럼 쌓여 있던 사람들이
하나둘 바다로 나가 돌아오지 않는 검은 겨울
떠난 사람들이 간 곳을 가늠하며
몽둥이에 두들겨 맞아 아픈 아이를 안고
밤을 지새웠다

징역살이 판결을 내린
근본 없는 재판 앞에 선 그녀
주정공장을 떠나 검은 바다를 마주할 때
다가오는 낯선 공포에
나는 죄가 없다고 소리 없이 울었다

심장 깊은 자리에서 솟아난 억울함이
고열이 되어 찾아온 날
비바람 맞으며 바다로 나가는 배 안
울렁거리는 의식 속에
난리통에 떠나간 지아비가 찾아왔다

다시는 떨어지지 말자
바다 너머 서천꽃밭에

초가집을 짓고 살자
지아비에게 이끌려 찾아간 곳
하얀 환생꽃들 사이
뛰어노는 아이의 웃는 얼굴에 따라 웃다가
어디선가 불어온 바람이 눈가를 쓸었다

시린 눈을 비비며 떠보니
여전히 차가운 검은 겨울
사방이 막힌 낯선 교도소 방
홀로 웅크리고 앉아 있었다

귀가

오도롱* 외가에 맡겨진 어린 동생을 데려
광평 너머 함박이굴** 지나
정존까지 걸어다녔다

인적 드문 구불구불한 옛길
제삿날이 되면 지나칠 때마다
닭살처럼 올라오는 한기
쉬이 쉬이 소리가 얹혔다
대나무들이 내는 소리인지
덜 익은 보리들이 부딪치는 소리인지
울음 섞인 노래처럼
입 막고 부르는 노래처럼

뒤돌아보면 그치는 소리
길 밖에서 들려오는 소리
누군가 부르는 노랫소리
길 밖 한 걸음만 벗어나면
삼켜질 듯 진한 어둠
저편에서 부르는 구슬픈 노래

그 소리를 들으며
형제는 달빛을 가로등 삼아
구불구불 길을 거슬러 올라갔다
바다 쪽에서 불어오는 바람이
산마을로 돌아가는 형제를 밀었다

길을 걸어올라가는 밤마다
소리가 들리는 이유를 형제는 몰랐다
산으로도 바다로도 가지 못한 채
길옆 어딘가에서 헤매는 노랫소리
어른이 되어야만 알 수 있다며
몰래 눈물방울 훔치던
외할머니의 혼잣말처럼
아무것도 몰랐다

하나도 무섭지 않은
산마을로 돌아가는 귀갓길
바람이 부르는 진혼곡
형제는 어려서 바람소리로만 알았다

*이호2동. 제주4·3 당시 피해 마을.
**노형동에 있었던 제주4·3 당시 사라진 마을.

너산밧*

허물어져 가는 돌담
집터만 남은 자리
희미해진 올레
여전히 너는 서 있다
또렷하게 떠오르는 사람들
돌아오지 못하고
그냥 너만 살았다
너만 마을터를 지키고 있다
빌레못으로 숨어들어간 사람들
출구 없는 어둠 속을 헤매다
육신이 녹아 사라지면
산을 내려온 바람을 타고
돌아오는 사람들
홀로 살아 터를 지키는
너만 살았다고 아무도 타박하지 않아
그냥 오래된 이야기라
스쳐가는 사람들에게
나는 여전히 살아간다고
마을을 지키고 있다고
입구에서 바람이 불 때마다

팔을 들어 흔들어 보인다

*애월읍 어음리에 있었던 제주4·3 당시 사라진 마을.

자리왓* 돌담

돌과 돌 사이 구멍으로
아이들의 웃음소리가 들린다
구멍 속을 들여다본다
무명옷의 아이들이 돌담 사이를 지나친다
구멍은 시간이 새어나오는 틈
한 걸음 옆 구멍을 들여다본다
아이들은 보이지 않고
짐을 지고 떠나는 사람들
마을을 등진 채 걸어간다
구멍 너머 공간은
돌 사이에 머문 시간의 기억들
시간은 돌담을 따라 흘렀다
돌과 돌 사이를 지나쳐가다
다시 구멍 속을 들여다본다
폐허가 된 마을이 보인다
돌아오지 않는 사람들
구멍마다 보이는 무덤들
대나무들만이 곧게 지키고 있다
돌담 끄트머리에 이르러
지나온 길을 돌아보면

잡풀 가득한 올레
마을의 흔적이 보인다
떠나간 아이들의 목소리가
돌담 사이로 흐르는 바람에 실려온다

＊제주도 애월읍 봉성리에 있었던 제주4·3 당시 사라진 마을.

숨은 아이를 찾으러 숲으로 간다

아이가 숲으로 달려가 숨는다
산 둘레로 창살처럼 비가 내린다
총포처럼 천둥소리가 들린다
어디에 숨었니
장난하지 말고 나오렴
내가 입은 옷은 초록옷
내가 든 건 마법 막대기
대나무숲 어딘가 누운 아이야
비창살을 맞으며 떨지 말고
바다마을로 내려가자
불탄 집은 버려두고 나와 함께
바다를 보러 가자
숨은 아이를 찾는 나는
천둥을 일으키는 요정
무서워 떠는 아이는
산마을에 사는 아이
아이를 찾는 나는
집을 태우는 초록의 군인
무서워 떠는 아이는
소개된 마을을 지키는 지박령

칠십 번의 겨울을 넘긴 오늘
빌레가름* 가는 길에
숨은 아이를 찾으러
숲으로 들어가는 나는
산마을을 떠나온
아이들의 아이

*서귀포시 한남리에 있었던 제주4·3 당시 사라진 마을.

섬의 고리

가시리 역기남도*
할아버지 봉분 한가운데
고사리가 솟아나 있다

하늘 향해 뻗은 줄기 끝
동그랗게 말린 고리 모양
무엇을 걸어 잇고 싶어
고리를 만들었을까

섬이 화염에 무너진 시대
불타는 오름 재가 된 마을
그 속에 뿌려진 종자들
그 위에 뿌려진 골분骨粉들

아래 세상에서 자라
위의 세상을 걸어
땅으로 돌아간 사람들에게서 자라나
땅 아래 사람들과 땅 위 사람들을
이어주는 고리들

사람들이 살던 자리
채워진 무덤들
무수한 고리들이 솟아나 있다
잡아 끌어올리는데
지켜보던 까마귀들이
악 악 비명을 지른다

*제주4·3 당시 사라진 마을

까마귀 마을

망오름* 공동묘지
벌초를 끝내고
봉분에 절을 하는데
까마귀들이 돌담에 내려앉아
비명을 지른다

그들을 까맣게 태운 건
오래전 산의 불길
잿더미 속에 자라
세상 높은 곳으로 날아가고파
까만 날개를 퍼덕였을까

마주친 눈 속에 숨어 있는
지워지지 않은 불의 공포
검은 동공에 비친 건
산에 올라온 까마귀 토벌군
주위엔 봉분으로 지은 집들이
마을을 이루는데

산바람이 불자 나무에서

붉은 불들이 떨어진다
까악까악 비명이
온 산에 울린다

*서귀포 표선면 토산리 소재 오름. 오름의 남서측이 모두 공동묘지로 되어
있다.

동백 冬魄

봄날을 기대하며 걷는 사월
하늘에서 백魄들이 내려오네
하얗게 빛나는 백魄들
잃어버린 몸을 찾아 내려오네
크고 투명한 백魄 하나
얼굴 위로 스며들면
전설이 된 겨울이 다시 돌아오네
백魄들이 바람에 실려 다시 걷는 길
해진 옷에 고무신을 신고
상처 입은 육신을 끌고 걸었던 길
타버린 마을을 뒤로 한 채
잔인한 겨울을 버티려
찾아간 땅속 세상
큰넓궤를 향해 걷는 사월
잊힌 시대를 기억하려
다시 돌아온 겨울의 길옆
땅을 향해 꽃들이 피었네
망자亡者들의 피로 피어난 붉은 동백
백魄들이 앉아 스며드네
잃어버린 육신 대신

동백冬魄으로 다시 살아나네
붉은 마을이 길옆에 열리네

4부

기억 속에 살아나는

오동도 동백꽃

동백꽃이 붉은 이유는
땅속 깊은 자리
오래 전 해방구를 외치다 쓰러진
사람들의 가라앉은 체액
혈화로 피어나는 거

동백의 꿈

이른 봄날
4·3평화공원에 각명비를 보고 돌아가는데
동백꽃이 지고 있다

아직은 날카로운 겨울 칼날
댕강댕강 잘려 떨어지는 꽃들

산을 닮은 꽃술
섬을 닮은 꽃잎
부서지지 않고 떨어지는 꽃

산에서 불어오는 바람을 타고
섬 너머로 날아갔으면 했다

남해를 넘어 날아가다가
여수바다 앞에 떠다녔으면
금남로 망월동에 불그스레 불렸으면
지리산 둘레길마다 꽃길로 깔렸으면
태백산맥 줄기를 타고 올라
금강산 자락에 꽃잎이 날렸으면

산에서 피어오른 구름을 타고
태평양 넘어 미얀마에도
꽃비가 내렸으면 했다

꽃이 지고 열매가 주렁주렁 달리는 날
여문 열매 속에는
씨앗들이 자라는 꿈을 꾸겠지
자라난 씨앗들이 발아하는 날
튼튼한 나무로 커가는 꿈을 꾸겠지
나무로 자란 동백이 꽃을 피우는 날
섬에 가득한 동백꽃들이
산에서 부는 바람을 타고
하늘로 날아가는 날

동백꽃들로 넘치는 세상
꿈꾸며 꽃길을 걷는다

손가락총

신전마을* 길을 걷는데
작은 아이가 손가락으로 큰 아이를 가리킨다
작은 아이 입에 빵 소리가 나면
큰 아이 입에 악 소리가 난다

아이를 보살핀 죄
손가락총을 맞고 말았다

밥을 준 죄
잠자리를 준 죄
홍시를 준 죄
손가락총을 맞아 죽었대
추석 이튿날 마을을 휩쓴 화마
명절밥이 제삿밥이 되었대

손가락에 사람이 죽을 줄
험악한 군인들의 재촉에
손가락을 들었던 소년은 몰랐겠지

불타버린 마을을 다시 일으킨 주민들

외지인을 향한 눈총들
경계의 총알이 날아온다

마을을 나서는데 작은 아이가
입구를 지키는 노거수를 향해
손가락총으로 빵 쏜다

노거수 가지가 휘청거린다
후드득 잎들이 핏줄기처럼 쏟아진다

＊전남 순천 낙안면 소재 여순사건 피해 마을. 아이의 손가락질에 주민들이
학살당했다.

골령골 사람들

흙을 닮은 시간의 껍질을 벗긴다
녹슨 탄피와 유골이 섞인
골짜기 깊은 자리
곶자왈에서 만성리에서 골령골로
제주와 여순과 대전은
골짜기로 이어진다
제주사람 여순사람 대전사람
고향은 달라도
마지막 머무른 곳은 한 군데
한 집에 머무르다가
한날한시에 한자리에
묻힌 사람들
차가운 탄피와 함께
길고 깊은 시간의 껍질 속에
묻혀 지내온 날들
서로의 육신과 탄피가 엉켜
죽어서도 살이 녹아 없어져도
낳고 자란 곳으로
돌아가지 못한 사람들
세상에서 가장 긴 무덤 속에서

오늘도 돌아갈 날을
살 없이 기다리는 사람들
밝은 세상 위로
두 손 모아 정성스레 모셔 올린다

흑백사진

흑백의 세상에 쓰러진 남자는
색깔을 가지고 있다

흐트러지고 더러워진 옷
고무신마저 벗겨진 채
가슴에 붉은 꽃을 피운 그는
차갑게 식은 채 누워 있다

장포와 끈을 챙겨온 여인은
그를 바로 누이고
가지런히 매듭을 짓는다

혈화 가득 피어 비린내 나는
험악한 흑백의 장면 속
아이들은 살아남아 운다

사랑하는 사람을 떠나보내는 거보다
더 슬픈 건 살아남아야 하는 거
붉게 물들어 떠나는 지아비
옷매무새를 정돈하며 헤아려본다

홀로 아이들을 먹여 살려야 할 날들
눈물도 말라 모질게 살아가야 할 날들
거친 사상의 바다
풍랑에 떠다니는 돛단배처럼
휩쓸려 떠다녀야 할 날들

가라앉지 않으려 독한 마음으로
맨땅에 누운 지아비
어설프게 소렴한다
떠나는 길 서럽지 않게
고무신 신기고
붉게 입혀진 색을 장포로 덮는다

흑백의 장면들을 보는 나는
마이던스*의 눈으로
눈물을 닦는다

*칼 마이던스. 여순 학살 현장을 촬영한 종군 사진기자.

흑백사진 속 아이들

옹기종기 모여 바라보는 눈
순수한 결정체인 아이들의 눈
눈 덮인 산 속에서
가느다란 햇살에 반사되어
유난히 반짝인다

해진 갈중이를 입은 아이들
바라보는 눈 속 어디에도
좌우는 없다

어디로 가버렸을까 이 아이들은
체념의 그늘이 드리워진 채
뒷줄에 모여 앉은 여인들은

붉은 눈이 쌓이는 오름
눈물이 고인 곶자왈
침묵이 머무는 궤
남자들이 있던 자리
흔적만 남긴 채

어느 구석에도
남자들은 보이지 않는다

맑은 눈의 아이들만 남아
오래된 사진처럼
주름진 채로 살아왔겠지

오류도 등대*

폭탄 터지는 뜨거운 여름
그날 따라 거센 파도가 일었는데

두 손 두 발 묶인 채 서너 사람 굴비처럼 엮어
바다로 떨어지는 사람들
딱콩딱콩 총소리가 들릴 때마다
늘어진 채 바다로 던져지는 사람들
거친 파도에 떠오르지 못하고
깊은 바다 밑으로 빨려들어가는 사람들

끔찍한 배 위에서 담배를 나눠 태운 사람을
사람의 목숨을 장난치듯 던져버리는 경찰을
파도 위에서 외치는 아우성을 구경하는 군인을

배 난간에서 떨고 있던 사람들의 얼굴을
그들이 빨려들어간 바다를
붉게 변했다가 사라진 파도를

등화에 새겨넣었습니다

전설이 되어버린 숨은 이야기
해변에서 바라보는 여행자들은 모르는
등화에 새겨진 이야기
오래도록 서 있을 나는
그들의 얼굴을 바다에 띄웁니다

＊한국전쟁 초 부산시 남구 용호동 오륙도 인근 해상에서 국민보도연맹원 등
이 집단 학살되었다.

터진목의 귀향자들

터진목 앞 해변에서 겨울을 나던
북변으로 날아간 큰기러기들

다시 터진목에 찾아왔다
오래 전 겨울에 거두어 몸속에 각인된
섬사람들 혼의 파편들이
고향을 찾아 끌고 왔다

해변에 내려앉아
가우가우 구구 우는데
희미하게 섞여 들리는 곡소리

활주로에 거대한 인공새들이
굉음을 내며 날아다니면
고향으로 돌아와 머물지 못할까
그들은
과아한 과아한 어흑어흑
울며 날아오른다

잠든 아이를 업고 가네

별빛이 총구 불빛처럼 번쩍이는 겨울밤 잠든 아이를 업고 눈길을 따라 험난한 산을 타네 애기야 애기야 잠든 아이를 부르며 눈길을 걷는 여인 애기야 애기야 이 산 너머 오름 밑 깊은 궤 속을 지나면 죽은 사람도 살아나는 낙원이 있대 살 갈라지는 겨울을 넘어가면 방구들처럼 뜨듯한 봄날만 있는 서천꽃밭이 있대 꽃감관 할락궁이가 마중나와 꽃밭으로 데려간대 애기야 애기야 등 기대 자지 말고 보채 울어봐봐 잠든 아이 어르고 달래 깨우는데 잠든 아이는 엄마의 등이 따뜻해 머리를 붙여 일어나지를 않네 아이를 업고 가는 밤 여인이 울며 눈 덮인 산을 타는 뼈 시린 밤 잠든 아이는 서천 꽃밭에 먼저 올라 뛰노는 밤 여인은 잠든 아이를 업고 산속을 헤매다 바람이 되었네 흐흑 소리 내며 산을 타는 바람이 되었네 일흔 몇 번의 겨울이 지나 영실 머리에 서자 잠에서 깬 아이의 웃음소리가 희미하게 들리네

부활하는 아이들

땅속에 숨어 있었어요
누구도 찾지 못하게
삼밧구석 깊이 파고든 자리
시린 눈이 수없이 내리고 녹는 동안
악귀들도 녹아 사라지고
따사로운 날 가득한 세상이 되었을까

궁금해서 올라왔어요
깊은 자리에 숨어 있다
살이 녹아 사라지고
뼈가 삭아 부서질 즈음
무서웠던 땅 위로 올라온 우리
부서진 뼈의 잔해와 혼백만 남아도
대나무 널린 너른 마당 집에서
곧게 자란 팽나무 그늘에서
구불구불한 올레에서
어린 우리 뛰어놀아도
괜찮은 세상으로 변했을까

아무도 없네요 변한 세상에는
대나무만 남은 집터

흔적만 남은 올레
반쯤 쓰러져 살아남은 팽나무만이
옛 기억을 간직한 채 기다리고 있네요
아이들은 보이지 않네요
변해버린 세상에서
머물 자리도 사라져버린 우리
어디로 가나 서성이고 있어요

숨은 것이 아니에요
파묻힌 거예요
악귀들이 마을을 덮치던 시절
우리 존재도 잊어버릴 만큼 오래
깊이 파묻힌 거예요
스스로 빠져나오지 못해
한 세기 동안 땅속에서 견디다
밖으로 나온 우리
결국엔
기억 속에 살아날 거예요
희미하지만 잊히지 않는
기억 속에 살아 있을 거예요

영도 등대

오늘도 수평선 너머를 본다
하늘과 맞닿은 저 선 너머
부도환*을 기다린다

고향으로 돌아가는 마지막 배
멀리 북해도에서 사할린에서 태평양에서
혹사에 시달리다 배를 탄 사람들
집으로 돌아간다며
갈라지고 주름진 얼굴로
환하게 웃던 사람들

이른 새벽 수평선이 반짝이면
이제야 돌아오는 건가
부도환의 뱃머리처럼
떠오르는 해

돌아오지 않는 사람들
돌아오지 않는 귀향선
오래도록 기다리다 지쳐
주름지고 갈라진 나는

수십 년이 넘도록 바다 너머로
빛을 뿌리는 나는

마지막 귀향선을 기다리는
등대로 서 있다

*우키시마호. 1945년 일제 패망 후 부산으로 귀향하다 폭침한 귀향선.

궤

밖에서 들여다보면 짙은 어둠
안에서 내다보면 보이는 빛
햇살이 들지 않는 깊은 구석
시간을 거슬러 가는 공간

어둠의 한구석 깨진 그릇들
모여 있는 돌무더기
이 어둠에도 누군가 살았다
때죽나무로 불을 피워 밥을 짓는 여인
용암 줄기를 따라 소곤대며 노는 아이들
입구에 바위처럼 굳은 채
밖을 보며 보초 서는 남자
주름 가득한 노인과 아기 안은 어린 여자가
떠는 몸을 감싸며 살았다

바위 벽면에 새겨진 용암 결을 따라
흐르는 이야기들
보이지 않는 선으로 숨을 가르던 시절
어둠 속에 숨죽인 채
바라보던 희미한 빛줄기

114

밖으로 나가 햇살 속에 설 날들
꿈꾸며 살던 게
벽면 구석구석에 박히고 말았다
안에서 불어오는 서늘한 냉기는
긴 시간을 견딘 이들의 숨결

안을 들여다볼수록
숨은 사람들의 눈동자가 아른거린다
용암 결에 박혀 굳은 채
시간을 거슬러 잘도 넘어왔다

장두의 길

신평에서 의기 세워 출정한
장두 재수의 길을 따라간다

외세를 몰아내려
일뤠할망 앞에 자기 몸을 올려 제를 지내
포수들의 마음을 잡은 날
죽음의 길을 걷는다

어제까지 내리던 비가 그치고
햇살이 길을 따라 비춘다

성을 향해 전진하는 사람들
멀리 보이는 오름 능선
구름 너머 붉은 세상을 본다
불타는 하늘과 맞닿은 경계선 너머

계급 없는 세상은
외세도 없고 양반도 없는 세상은
저 너머에 있을까

길이 없으면 만들어야 하는 것을
변하지 않으면 싸워야 하는 것을
목숨을 내놓아야 새 세상으로 갈 수 있는 것을

산을 넘어가는 길
무너지는 나라를 바로잡는 길
죽음 넘어 새 세상으로 가는 길

나는 정당하며 죽어도 여한이 없도다*

길을 걸으며 올려다보는데
한라산 자락에 구름이 살짝 걷히자
희미하게 장두의 웃음소리가 들린다

*장두 이재수의 마지막 말 중.

사라진 사람들이 돌아온다

붉은 달이 뜨면
붉은 색이 수채화처럼 번진다
세상을 덮는 주술의 색
덧칠해지는 순간
저쪽 세상과 겹쳐지는 섬
사라진 사람들이 넘어온다
뫼동산* 깊은 자리에서 파헤쳐
뼈마디 달그락거리며 올라온다
달빛에 젖어 묽어진 흙을
진득하게 뒤집어쓰고 걷는다
폭력이 물감처럼 뿌려진 시절
광기의 창에 사라진 사람들이 걷는다
사상으로 얼룩진 섬
붉은 색으로 묻힌 사람들이 걷는다
올레만 간신히 남은 마을로
주인 잃은 대나무들만 남은 집터로
녹아 사라진 살을 찾아가는 길
잊힌 핏줄을 돌아보는 길
붉은 달 아래 걷다 사라질 즈음
묻힌 자리로 돌아가는 이름들

다시 살아난 이름들을 보며
산 사람들이 웃는다
뼛조각도 없이 사라진 사람들은
여전히 돌아오지 못하고
사라진 사람들을 찾아
오늘도 산 사람들은 섬을 파헤친다

* 제주국제공항 내 제주4·3 행방불명인 유해 매장 추정 지역.

구술

지팡이에 의지한 손
문신처럼 새겨진 주름들이 기억을 토해낸다

두린 아시 심엉 대낭밧디 곱앗주
마을 사른 불이 대낭도 태와신디
다닥다닥 대낭 비명소리 덕에
소곱에 곱은 우린 살앗주

살젠 ᄒᆞ난 살아집디다
살젠 ᄒᆞ난 물질도 ᄒᆞ엿주
물질ᄒᆞ여가난 하근디 다 댕겨졋주
뼈마디 시큰ᄒᆞ여도 바당엔 들어갓주

팔남매 ᄆᆞᆫ딱 질룬 날
피난에 갈라진 아바지 수형인명부로 돌아왓주
무기징역이엔 써져신디
아바지는 농부엿주
무사 경 ᄒᆞ여신고

구슬을 들고 문밖을 나서는데
앞이 컴컴한 밤이 되었다
왜 그랬을까
시린 바람에 몸서리쳤다

기억을 위한 끝없는 이야기

현택훈 / 시인

　시인 오광석의 시는 망자를 향한 기억의 윤리를 중심에 둔다. 죽은 자는 기억될 때 비로소 존재할 수 있다. 4·3이라는 집단적 비극에 대한 시인의 윤리적 응답이라는 위치에 이 시집이 놓인다. 그가 기억의 방식으로 선택한 것은 환상성과 현실의 결합이다. 이미 첫 번째 시집에서 "세계의 중첩을 포착하는 기묘한 방식"(『이계견문록』, 김연필 해설)의 시라는 평을 받았다. 아름다운 풍광의 이면에 있는 제주의 이미지를 독특한 방식으로 그려낸 점이 주효했다. 또 이상한 나라와 제주를 연결하여 "현실을 견디는 힘이자 상상을 펼칠 수 있는 공간, 나아가 현실을 바르게 바라볼 수 있는 방식"(『이상한 나라의 샐러리』, 김정빈 해설)으로 해석된 두 번째 시집을 지났다. 그리고 이제 두 권의 시집으로 보여준 특질의 연장선이자 4·3에 더욱 집중한 이번 세 번째 시집에 이르러 그의 특장이 더욱 견고해졌다.

　그는 직장인의 삶이라는 현실적 토대 위에 환상성의 초

현실적 이미지를 결합해온 시세계에 이어 고향 제주의 이야기를 시적으로 승화하기 위해 자연과 사물의 언어화를 위한 환상적 리얼리즘을 채택했다. 제주의 신화뿐만 아니라 북유럽 신화 등을 통해 죽은 자의 목소리를 얻기 위한 방법으로 신화적 상상력을 발휘한다. 이 점이 오광석 시에 나타나는 환상성과 역사 기억의 재현 방식이다.

내가 아는 시인 오광석은 바쁜 회사 생활 중 틈틈이 시를 쓴다. 그러니 늘 시를 생각해야 한다. 서류뭉치와 컴퓨터와 사람들 사이에서도 시가 그래프처럼 펼쳐질 것이다. 지극히 현실적인 세계에서 비현실의 이야기를 펼치는 전략으로 이 세계의 함수를 구하는 방식이 그의 시론이다.

오광석은 바쁜 사람이다. 일과 문학을 동시에 수행하느라 그렇다. 그리고 그는 또 꿈을 꿀 것이다. '몽마夢魔'에 시달리면서 제주의 중산간마을을 헤맬 것이다. 아무도 없는, 그 잃어버린 마을을 돌아다니다 '폭낭' 앞에 우두커니 멈출 것이다. 폭낭은 여전히 잎사귀가 푸르다. 그 마을에서 폭낭을 만나면 감장돌며 서성일 수밖에 없다. 폭낭이 우리에게 말을 걸기 때문이다. 귀가 밝은 오광석은 정령의 목소리를 듣는다. 그 마을에 어떤 일이 있었는지 빛과 바람과 비의 언어를 받아쓴다.

오광석은 경제학도 시절이던 대학생 때부터 제주의 잃어버린 마을을 찾아다녔다. 문학동아리 '신세대'에 가입해 4·3의 진실을 희미하게나마 접하게 될 때였다. 4·3 이후 첫 위령제를 주도한 사람들은 제주대학교 학생들이었다. 대학생 오광석은 4·3을 말하는 방법으로 시를 선택했다.

　그는 졸업 후 기업 소속의 손해사정인으로 살면서 직장인의 모습을 환상성으로 그린 두 시집으로 시세계의 개성을 확보했다. 두 권의 시집에서도 4·3시는 꾸준히 써왔으나 이제 세 번째 시집에 이르러 한데 묶어 선언할 정도의 무게로 일구어냈다. 불가해한 섬의 비극을 시로 노래한다. "사람은 죽어서 기억의 도시로 간대/ 산 사람들의 기억을 먹고 산대/ 추억 속에 살아가다 잊히면/ 투명해지며 사라진대"(「기억의 도시로 떠난 시인을 생각하는 밤」, 『이상한 나라의 샐러리』) 시인 김남주를 소환하면서 우리가 기억해야 그들이 사라지지 않는다고 말한 것과 같이 시인은 이제 이 시집으로 초혼招魂의 목소리를 갖게 되었다. 영화 〈코코〉를 바탕에 두기도 한 예의 시처럼 그는 앞으로도 계속 노래로 그들의 이미지를 우리에게 보여줄 것이다. 그리고 우리는 그의 목소리를 잊지 못해 다시 이 시집을 펼쳐보곤 할 것이다.

1. 잃어버린 이름들을 호명하기 위한 주문呪文

　시집 『귓속의 이야기』는 시인 오광석의 세 번째 시집이다. 『이계견문록』(천년의시작, 2017), 『이상한 나라의 샐러리』(걷는사람, 2021)가 지닌 설화적 요소들은 여전히 오광석 시의 근저를 이룬다. 그의 태생이 제주도인지라 제주 설화는 물론이고, 세계적인 기담을 수용해 현대의 역사적 인과와 연결지어 작품으로 형상화해왔다.

　이번 시집에 이르러서는 국가의 문제에 대해서 정면으로

대거리를 한다. 그것은 4·3을 겪은 제주에서 맞닥뜨린 12·3 비상계엄이 저항정신을 더욱 들끓게 만들었기 때문이다. 한주먹의 대파를 넣고 끓인 라면을 먹는 말로 시작하는 「시인의 말」은 선언적인 의지의 표현이다. 그리고 2025년 4월 4일, 4·3 77주년 추념일 다음날 대통령은 탄핵되었다.

신비는 보통의 이론이나 상식으로는 이해하기 어려운 현상이다. 경제학을 전공하면서도 무협소설이나 판타지소설에 빠져 있던 대학생 오광석에게 제주4·3은 숙명처럼 다가왔으리라. 섬에서 태어나 시를 쓰려면 반드시 표현해야 하는 의무를 지니기 때문이다. 더욱이 그가 좋아하는 판타지문학 속과 크게 다르지 않은 현실에 기시감을 느꼈을 것이다.

환상적 리얼리즘이 아니고서는 형상화하기 어려운 이야기가 있다. 그는 설화를 적극적으로 끌어들여 이 비극의 근원을 파헤친다. 전작에서는 샐러리맨의 입장에서 시시포스의 형벌을 수행하는 모습을 보여줬다. 그러한 숙명 같은 시 쓰기로 묵묵히 시세계를 구축해왔다. 그리고 이제는 역사와 마주하는 힘을 환상성에서 찾는다. 그가 만든 시적 세계에는 발록, 요마, 몽마, 구울, 듈라한, 가고일, 트롤, 환마, 드루이드 등이 나타나 횡행하고, 어둑시니, 그슨새, 지박령 등 한국 설화 속 초자연적 존재도 빼놓지 않는다. 이 비극적 역사를 말하기 위해서 그가 독보적인 두각을 나타내고 있는 점이 바로 이 불가사의한 이야기와 비현실적 역사와의 연결이다.

4·3 이야기는 밀교密教처럼 전승되었다. 시인 오광석은

구루의 역할로 국가의 폭력과 비인간성을 말한다. 그러니 이 시집은 4·3이 발발한 제주에만 국한된 이야기가 아니다. 가깝게는 여수와 순천, 대전 골령골 등이 있고, 세상 끝까지 가서 요정을 소환해 이 세계의 비밀을 풀기 위해 시적 형상화를 시도한다. 제주의 삶 자체였던 4·3은 1975년 제주 태생의 시인에게도 가혹한 삶으로 다가왔으리라. 쓸 수밖에 없는 삶이 있다.

이 시집은 2024년 12월 3일 비상계엄을 기점으로 국가폭력으로 나타나는 현실정치를 언급한 뒤 사무원으로 일하는 시인의 12층 사무실까지 날아온 나비를 좇아 웜홀에 빠져 70여 년 전으로 날아가고, 예전이나 지금이나 권력자의 야욕에 비롯되는 반휴머니즘의 세상에 대해 환상의 언어로 증언한다.

삼양에서 냉동삼겹살을 구워 먹는데
식당 창밖을 보니
하얀 존재들이 내려오고 있다
어디서 이 세계로 왔을까
아무것도 없던 하늘에서
쏟아져 내리는 순백의 별들
육백광년 너머
케플러 22-b 얼음 행성
순수한 물의 정령들이
워프게이트를 열고 넘어온 걸까

남은 소주를 털어먹고

외계의 이주민들을 맞으러 간다

투명한 날개를 지닌 당신들은

단 하루만 이 세계를 살아가더라도

슬퍼하지 말기를

먹고사는 것도 힘든 공간

돈으로 만들어진 것들이 더 악을 쓰고

정치는 억압을 앞세워

하루도 버거운 세상

깨끗이 정화해주기를

술기운에 외투가 하얗도록

팔 벌려 기다리는데

같이 거리에 나선 친구들은

춥다며 나를 잡아끈다

—「워프」전문

시인 오광석이 SF나 환상 이야기 등에서 활용하는 제재들은 그가 이 세상의 삶을 말하기 위한 수단이다. 논리적으로 규명되지 않는 현상에 대한 해법찾기인 셈이다. 환상에 기대어 말하면서 이 세계의 본질을 살핀다. 그러한 과정으로 비극적 역사의 의문이 풀리기를 바란다. 그리하여 "투명한 날개를 지닌 당신들은/ 단 하루만 이 세계를 살아가더라도/ 슬퍼하지 말기를" 미래세대를 향해 비념한다. 안타깝게도 이곳은 "먹고사는 것도 힘든 공간/ 돈으로 만들어진 것들이 더 악을 쓰고" 있기에 "하루도 버거운 세상/ 깨끗이 정화해주기를" 희망의 시간으로 시그널을 보낸다.

"육백 광년 너머/ 케플러 22-b 얼음 행성/ 순수한 물의 정령들이" 머무는 그곳은 또다른 지구라는 대안이며, 이 비극을 겪지 않았더라면 우리가 누릴 평화의 행성이다. 친구가 '나'를 잡아끄는 현실이지만, '나'는 자꾸만 저 너머를 기웃거린다. 이 행위는 역사와 세상에 대해 품는 의문의 행위이다.

우리가 이곳이 아닌 다른 곳을 찾는 것은 이곳의 시련을 감당하지 못할 때 찾는 출구로 어나더 어스로 향하는 마음이리라. 이 시집은 서시 「시오름의 봄」으로 레드 아일랜드의 봉화를 올린다. 현실의 부정을 풍자하는 과정에서 비현실적인 존재들이 등장하여 이 비논리적인 세상에 대한 판타지를 이룬다. 공간을 왜곡해 빛보다 빨리 이동하는 현상이 일어나는 근원에는 현실에 대한 부정이 도사리고 있다.

그러니까 "네모난 사무실 비좁은 파티션에 숨어/ 시계를 빨리 돌리던 사무원들은/ 시침이 녹아 떠다니는 시계를 부여잡고/ 흐르는 시간의 대해 한가운데 허우적댄다"(「시간의 바다」)는 모습을 보여준다. 자본주의 시장에서 부속품으로 전락한 '우리'는 대해에서 떠밀려간다. 바다는 공간이 닫혀 있으면서도 열린 공간이다. 사지로 몰린 것이지만, 이곳에서 반격의 기회를 기다릴 수 있는 것도 대양의 가능성이다.

이 시집은 "문 닫힌 벽장 속마다 놓아둔 귓속에서 이야기가 스멀스멀 새어나오는"(「귓속의 이야기」) 기이한 이야기가 가득한 시집이다. 생경한 이야기이면서도 기시감을 느낄 수 있는 이야기들이다. 그것은 인류가 오랫동안 품어온 비극적 이야기에 대한 보편화에서 비롯되어 그럴 것이다. "아무도 없는 텅 빈 원룸/ 홀로 침대 위로 스며들어/ 눈을 감는"(「어둠의 장막」) 정도가 현실이지만, 밤은 세계의 형체가 되어 '나'를 흔들어놓는다.

그렇다면 오광석이 지속적으로 신호를 보내는 시그널은 무엇일까? 그것은 시 「트롤의 노래」에서 모스 부호 같은 시어들로 찾을 수 있다. 환상, 환청의 원인은 이 세계의 과학으로는 도저히 이해하기 어려운 폭력성에 있다. 더욱이 그 폭력의 피해자는 늘 힘없는 사람들이다. 정신차리고 살피면 '이호초등학교', '관음사', '빌레가름', '역기남도', '신전마을' 등 실제 지명을 거론하며 분명하게 증언한다. 그러니까 제주의 지명들(시어)이 마치 퍼즐처럼 맞출 수 있는 단서가 된다. "주인 모를 무덤 몇 개" 옆을 지나며 부르는 노래는 설화가 되어 상징으로 나타나기 위한 장치가 바로 제주의 이름들이다.

숲길을 걷는데 어두운 나무들 사이를 걷는데 기다란 나무 뒤편 이상한 노래가 들리네 나무 뒤 돌무더기에 숨어 이상한 노래를 흥얼거리네 파란 하늘을 보고 싶어 눈부신 햇살을 보고 싶어 나는 돌의 아이 단단한 돌의 아이 어두운 나무들 사이를 건너 노래가 들리네 아이야 어디 있니 돌아가보면 아무도 없이 주인 모를 무덤 몇 개 돌무더기 몇 개뿐 누가 노래를 휘이휘이 부르나 어두운 나무들

사이를 걸으며 나무들 뒤를 자꾸만 돌아보게 되네 나는야
숲속의 돌 요정 숲에 사는 돌의 아이 어둠 속에서 튀어나
와 해방을 외쳤다가 뜨거운 햇볕에 굳어버렸네 숲으로 숨
어 돌의 아이가 되었네 노래가 좋아 휘이휘이 칠십 년 지
난 노래를 부르네 언젠가 세상에 나와 밝은 햇살 아래 노
래 부르고파 관음사 옆 숲길을 걷는데 휘이휘이 밝은 노
랫소리가 들리네

—「트롤의 노래」 전문

제주의 이름들을 부르기 위한 주문呪文의 형태는 구술적
으로 나타난다. 시인 오광석에게 시는 죽은 자들의 구술이
다. 그들의 목소리를 내기 위해 환상을 도입한다. "해방을
외쳤다가 뜨거운 햇볕에 굳어버렸네 숲으로 숨어 돌의 아
이가 되었네"를 보면 알 수 있다. 억울하게 죽어 구천을 떠
도는 영혼들의 음성이 되고자 한다. 그들을 불러세우기 위
해 "휘이휘이" 노래를 부른다. 그 노래는 주문이 되어 작품
에서 효험을 발휘한다.

아수라 4·3 비극의 순환에서 벗어날 가능성을 반신반인
에서 찾는 것이 시인에게 묘수가 되었다. 트롤은 북유럽 신
화의 괴물이다. 아스트리드 린드그렌은 북유럽 신화에서
소설의 모티프를 삼았다. 오광석은 제주의 설화는 물론이
고, 세계적으로 널리 퍼진 기이한 이야기의 신화성을 활용
한다. 역사의 비극을 말하는 방법으로써 환상성을 활용하
면서 유형 진화의 이야기로 펼쳐나간다.

북유럽 신화에 따르면 요툰헤임에 살던 거인족 트롤은 신들과의 전쟁에서 참패하여 동굴에서 살아간다고 전해진다. 날이 저물어야 그림자 속에서 희미하게 모습을 드러낸다는 트롤은 우리나라의 설화에 등장하는 어둑시니나 그슨새를 닮았다. 어둑시니는 이효석의 소설「메밀꽃 필 무렵」에서 관용구처럼 쓰일 정도로 민가에 많이 퍼져 있는 이야기다. 그런 보편성을 얻게 된 연유에는 권력에 의해 희생을 당해온 민중들의 이야기가 서려 있기 때문일 것이다. 어슴푸레한 그림자 속에서만 목격되기 때문에 그 모습에 대해서는 분명치 않으며 손발이나 머리가 붙어 있다는 정도만 알 수 있다고 하는 모습은 숨어살다가 죽임을 당한 사람들의 정령 같다.

오광석의 시에 자주 등장하는 이 요정은 사물에 깃들어 움직이는 초자연적 존재이다. 사람들은 오랜 세월 왜 요정의 이야기에 심취하게 되었을까? "팽목항에서 이태원에서/ 꿈을 펴보지 못한 채/ 먼저 떠난 아이들도/ 돈도 권력도 없는 세상의 끝에서/ 죽지 않는 요정으로 환생하여/ 웃으며 반겨줄까"(「세상 끝에는 요정들이 살고 있을까」)와 같이 그에게 요정의 세계는 이 아비규환의 세계에서 그나마 소원할 수 있는 마지막 이계異界이다.

기꺼이 시인은 억울하게 죽은 아이들을 찾는 메신저 역할을 수행한다. "내가 든 건 마법 막대기/ 대나무숲 어딘가 누운 아이야/ 비창살을 맞으며 떨지 말고/ 바다마을로 내려가자/ 불탄 집은 버려두고 나와 함께/ 바다를 보러 가자/ 숨은 아이를 찾는 나는/ 천둥을 일으키는 요정"(「숨은 아이를 찾으러 숲으로 간다」)이 되어 진상규명을 한다. 영령을 찾는 일이 진실에 다가가는 일이다. 이 섬에서 무슨 일이 있었는지 증언의 문학으로써 4·3문학이 있었던 것의 연장선이자 확장으로 국내외 설화를 동원하여 표현하며 축원의 주문을 되된다.

2. 문학의 웜홀 속을 여행하는 몸

오키나와 소설가 메도루마 슌의 소설 「물방울」은 한 남자의 다리가 통나무처럼 부어오르더니 엄지발가락 끝에서 물방울이 떨어지기 시작한다는 기이한 이야기로 되어 있다. 이 시 「구멍 난 다리」와 흡사하다. 메도루마 슌이 오키나와의 비극을 이 작품으로 형상화하는 것과 같이 오광석은 제주의 비극을 바탕에 두고서 이 시를 내놓았다.

오광석은 이 상처 입은 몸에 각인된 비극을 전한다. 몸이란 가장 직접적인 감각으로 다가오는 실존 아니겠는가. 이 몸에 가해지는 폭력성은 우리에게 끔찍한 기억을 만든다. 수형인이 되거나 학살 피해자가 되는 과정에서 겪는 고초는 말로 표현하기 어렵다. 하지만 사회는 그런 인물을 보호할 준비가 되어 있지 않았다. 악몽은 반복되며, 그 고통에 대한 사회적 회복 장치가 필요한 것이다.

그녀의 다리에는

지나온 날들로 메워진 구멍이 있다

절뚝이는 다리로 하루를 돌아다니다
밤이 되면 억지로 구겨넣어둔 날들이
하나둘 터져 올라온다

구멍 난 자리
메워진 것들을 바라보면
스멀스멀 올라오는
구멍 난 기억들

널브러진 주검들 너머
벙그물궤에 버려진 날
긴 어둠 속에 눌러두고 온
기억의 파편들
절뚝이며 산을 내려와
절름발이가 되어버린 진실을
업고 살아온 날들

—「구멍 난 다리」부분

"절뚝이는 다리", "구멍 난 자리", "절름발이가 되어버린 진실"의 신세로 살아간다. 우리는 무명천 진아영 할머니를 통해 4·3의 비극을 목격했다. 그것은 감각으로 전해온다. 몸의 상처를 통해 지워지지 않는 과거와 고통을 이 시는 시각화한다. 그러니까 이 상처는 외부의 폭력으로 인해 생긴 것이며, 기억과 정체성 자체를 왜곡하는 방해와 싸워야 한다. 메도루마 슌의 「물방울」에서 주인공은 오키나와 전투의 기억을 지닌 인물이며, 죽은 동료의 목소리를 들으며 살아가는 인물이다. 그는 전쟁이 끝난 뒤에도 마치 기억의 응어리가 '물방울'처럼 끊임없이 떨어지며 고통을 되살린다. 이 부분에 두 작품 모두 중요하게 여기는 점이 기억의 현재성(재현)이다.

트라우마는 반복적으로 재현되며 삶을 점령하는 방식으로 발생한다. 그 기억은 나도 모르게 터져나오는 고통이다. 그러므로 우리는 그 역사의 상흔으로 살아가는 존재들이다. 트라우마는 집요하게 현재의 삶을 불안정하게 만든다. "절뚝이며 산을 내려와/ 절름발이가 되어버린 진실을/ 업고 살아온 날들"을 보면 알 수 있다. 4·3의 진실을 왜곡하는 사람들이 여전한 현실이다. 그의 시 「잠든 아기를 업고 가네」도 그렇다. 이 작품 또한 "업는" 행위로 책임감을 부여한다. 그것은 시인과 우리가 짊어진 아픔이다.

그러한 상처의 재귀를 말할 때 메도루마 슌이나 오광석이나 몸에 집중한다. 그것은 몸의 기억이기 때문이다. 몸은 시적인 감각과 잘 어울린다. "절름발이 진실"이라는 표현처럼 몸으로 말한다. 몸의 상처를 통한 감각적인 체험이 형상화되어 공감을 얻는다. 어쩌면 상처는 낫지 않을 것이다. 하지만 그 상처를 끌어안고 살아가는 우리는 결국 기억을 이어가고 증언하는 자로 남는다. 말없이 절뚝이며 진실을 업고 가는 자, 그 자리에 오늘의 우리가 있다.

시인이 강조하는 것은 기억의 현재성이다. 다 지나간 일이니 덮어두자고 할 수 없다. 진실을 "업고" 간다는 표현은 시인의 책무로 볼 수 있다. 그 책무는 바통을 주고받게 되는데, 오광석은 오광석의 방법으로 4·3을 기억한다. 그렇게 시인은 4·3의 끝없는 이야기를 전개한다. 트라우마를 외면하지 않고 기억하고 증언하려는 문학적 태도이다. 김수영은 온몸의 시학으로 온몸으로 밀고 나가야 하는 것을 역설했다. 오광석의 시에서도 육체적 실존과 현실의 억압에 몸으로 부딪치는 실천이 되어야 한다는 의미를 내세운 김수영의 영향으로 감각의 출발점인 이 몸이 억압에 반응하는 진동으로 감각의 언어를 보여준다. 몸이 곧 시의 언어이며, 몸이 바로 기억의 증언자가 된다.

사라진 몸은 외상外傷의 이미지로 나타난다. 그래야 기억을 증언할 수 있다. "하얗게 빛나는 백魄들/ 잃어버린 몸을 찾아 내려오네"(「동백冬魄」), "심장 깊은 자리에서 솟아난 억울함이/ 고열이 되어 찾아온 날"(「검은 겨울의 꿈」) 등을 보면 알 수 있다. 몸으로 증언하는 이야기들이 이 시집 군데군데 흐른다.

독감이 찾아온 날 침대에 누워 연신 오돌오돌 떨다 눈을 뜨자 거대한 절벽에 서 있었지 아래에 돌풍이 치고 올라와 휘말려 빙글빙글 돌다 어느 꽃밭에 떨어졌지 만발한 꽃들을 넋놓고 보는데 꽃감관이 나타나 서천꽃밭을 침입한 이유를 물었지 돌풍에 휘말려왔다고 하자 꽃감관이 이르길 섬의 아이가 항쟁을 끝내지 않고 이리 도망쳤느

냐 하늘의 법도를 어긴 대역죄로 초열지옥으로 떨어지리
라 산사람이 어찌 지옥에 가느냐며 꽃밭을 구르는데 대
지가 갈라지며 솟구치는 화염들 활활 타오르는 몸을 바라
보며 비명을 질렀지 나는 아니오 나는 아니오 비명을 지
르다 일어나 돌아보니 뜨거운 온돌방 바닥이네 불 꺼진
열기 가득한 어린 날 익숙한 좁은 방안 무슨 꿈인가 싶어
다시 돌아보자 사십 년 젊은 어머니가 무슨 땀을 그리 쏟
아냈냐며 연신 이마를 닦아내고 있었지 하 꿈인지 환상인
지 이리도 지독하네 눈물이 뚝뚝 떨어져 내리는데 사내자
식이 이까짓 독감 하나 이기지 못한다며 타박하는 아내의
목소리에 현실로 돌아올 수 있었지

—「환마幻魔」 전문

오광석 시의 가장 큰 특징인 설화성과 함께 몸의 기억으
로 재현되는 감각으로 시를 형상화하는 결정적인 작품은
「환마幻魔」이다. 이 시는 개인의 병증을 집단적 역사와 연결
하는 매우 인상적인 서사를 보여준다. 독감은 인플루엔자
바이러스에 의한 호흡기 질환이다. 인플루엔자는 인류를
오랜 시간 괴롭혀온 전염병이다. 언제나 인간과 함께 존재
한다. 사라지지 않는 악몽처럼 한동안 잊고 있으면 꼭 찾아
온다.

독감에 걸리면 '환마幻魔'에 시달리게 된다. 독감을 매개
체로 비현실적인 세계로 진입하는데, 그곳은 비극으로 쓰
러져간 사람들이 머무는 곳이다. 제주도 사람들이니 '서천

꽃밭'에서 '꽃감관'을 만난다. 꽃감관의 말 "섬의 아이가 항쟁을 끝내지 않고 이리 도망쳤느냐"는 시인의 자문자답일까. 그러면서 "사십 년 젊은 어머니"가 등장할 정도로 시공을 초월하여 4·3 후예가 걸어가야 할 길을 인식하는 부분이 미덥다. 어머니가 열병에 시달리는 '나'를 거념하는 기억으로 '나'는 '나'의 목소리를 내게 된다. "눈물이 뚝뚝 떨어져 내리는" 것은 제주의 역사에 대한 동화同化이다. 몸의 고통(열병)을 통해 떠오른 것은 유년의 기억인데 이 돌봄이 현재의 기억에 대한 돌봄의 방식으로 제시된 점이 시사하는 바가 크다. 비극의 역사도 돌봄을 받아야 한다. 시인은 몸살로 체득하여 돌봄의 기억을 되살린다. 그렇게 이 작품은 소생의 길을 내면화하는 것으로 받아들이는 가편佳篇이다.

'죽은 자는 말이 없다.' 흔히 관용표현으로 쓰는 이 말은 이야기를 들려줄 장본인이 이제 없어서 어떻게 할 방법이 없다는 뜻이다. 말만 할 수 있다면 진실을 알릴 수 있는데, 죽어버려서 말할 수 없는 안타까움이 들어 있다. 아우슈비츠 수용소와 같은 수용소였던 소비보르 수용소나 베우제츠 수용소가 아유슈비츠에 비해 덜 알려진 것은 그 두 수용소의 생존률이 0.1% 때문이라는 설이 있다. 누군가는 실상을 말해야 하는데, 말할 사람이 없었다. 그래서 목소리를 낼 문학가가 필요하다. 시적 화자는 화신化身이 되어 말한다. 이 시집『귓속의 이야기』는 환상적 리얼리즘을 활용해 망자의 목소리를 시인이 대신 구술하는 4·3 기이편이라 명명할 수 있겠다.

앞으로도 오광석은 이 즐거운 악몽에서 벗어나지 않을 것이다. 설마, 하겠지만 우리는 비극의 재현을 막아야 한다. 그것이 슬픔의 간빙기에 살아가는 우리의 책무이다. 개인의 병증을 통해 역사와 정체성을 환기하는 이 작품에서 역사를 불러오는 몸의 증상이다. 몸이 환상을 통해 무의식 속의 죄의식과 기억을 드러내고, 시는 이를 통해 집단적 정체성에 대한 질문을 던진다. 이미 이 시집에서도 제주뿐만 아니라 광주, 여수, 순천, 대전, 미얀마 등으로 환마의 여행이 이루어지고 있는 것은 몸의 증언자가 된 시인의 타임루프이다. 그 여행의 동행자가 될 수 있다면 그것만으로 살아 있다는 증거라 되리라. 그 증언이 언어가 곧 몸이 될 것이고, 이 몸은 역사와 문학의 웜홀에서 다시 만날 수 있을 것이다. 그 점이 이 시집의 기념이자 계속 이어질 오광석 시의 통로가 되기에 충분하다.

3. 죽음과 삶의 경계에 선 호모 사케르

"전설이 된 겨울이 다시 돌아오네/ 백백魄들이 바람에 실려 다시 걷는 길"(「동백冬魄」)만 봐도 알 수 있다. 오광석은 설화를 재생의 수단으로 삼는다. 겨울은 흔히 끝, 죽음, 침묵을 상징한다. 그런데 이 겨울이 전설이 되었다. 설화는 기억 속에 살아 있다. "다시 돌아오네"라는 표현은 순환을 상징하며, 잊히지 않고 기억이 되살아나는 순간을 뜻한다. 제주4·3, 광주5·18, 여순사건 등이 우리의 겨울이라면 전설이 되어 우리 앞에 귀환한다. 혼백을 위로하며 기억의 소환으로 돌아오기를 바라는 축문을 쓴다. "동백꽃이 붉은 이유는/ 땅속 깊은 자리/ 오래전 해방구를 외치다 쓰러진/ 사람들의 가라앉은 체액/ 혈화로 피어나는 거"(「오동도 동백꽃」)는 이 시집의 서사이자 선언이다.

　　터진목 앞 해변에서 겨울을 나던
　　북변으로 날아간 큰기러기들

　　다시 터진목에 찾아왔다
　　오래 전 겨울에 거두어 몸속에 각인된
　　섬사람들 혼의 파편들이
　　고향을 찾아 끌고 왔다

　　해변에 내려앉아
　　가우가우 구구 우는데
　　희미하게 섞여 들리는 곡소리

　　활주로에 거대한 인공새들이
　　굉음을 내며 날아다니면
　　고향으로 돌아와 머물지 못할까
　　그들은
　　과아한 과아한 어흑어흑
　　울며 날아오른다

　　　　　　　　　　　　　　―「터진목의 귀향자들」 전문

이 시에서 귀환하는 혼이자 저승과 이승을 잇는 메신저는 '큰기러기'이다. 제주 제2공항 문제로 시끄러운 그곳에서 큰 기러기 울음은 비행기 소음과 비슷하다. 실제 오광석은 제 주 지역 신문에서 진행된 제2공항을 반대하는 릴레이 시 연 재에 동참하면서 이 시를 게재한 바 있다. 터진목이 있는 광 치기해변은 철새도래지로 유명한 곳이다. 이곳도 4·3 당시 학살터이며 이 부근 신공항을 지으려고 한다. '터진목'은 어 느새 공동체의 비극이 압축된 신화적 장소가 된다.

계절이 바뀌면 돌아오는 철새처럼 지속되는 시간이 있다. "과아한 과아한 어흑어흑" 울며 날아오는 시간이 있다. 기이 한 이야기처럼 보이는 이 시는 망각된 역사에 저항하고, 사 라진 존재들을 귀환시키는 작품이다. 날아오려면 새이거나 기억이어야 하는 것.

설화는 인류의 가장 오래된 기억을 보존한 인류 보편의 언어이다. 그러므로 말할 수 없는 것을 말하기 위해 시는 설화의 언어를 빌린다. 우리는 여전히 설화의 시대에 살고 있다. 설화의 언어를 읽는 일이 현대의 인간과 세상을 읽고 해석하기 위해 필요한 것과 같이 오광석 시는 지금도 유효 한 설화의 언어가 곧 시의 언어가 되는 것을 보여준다.

국가에 의한 폭력이 지속되는 굴레를 우리는 언제면 벗 어날 수 있을까? 국가가 기득권을 갖고 있는 한 이 폭력의 평범성은 사라지지 않을 것이다. 국민은 안중에 없고, 공항 건설의 과정에서 생길 수익에만 관심 있는 국가 아닌가. 큰 기러기의 울음이 곡소리로 들리고, 바람을 타고 돌아온 혼이 새의 모습으로 구체적으로 묘사되는 이 환상성은 현실보다 더 진한 진실의 언어인 시의 언어로써 기능한다.

『삼국유사』의 가치는 '기이편'에서 빛난다. 오광석의 시집 세 권은 우리 시대의 기이편이다. 시로 쓰는 역사서인 셈이다. 역사의 공백을 메우기 위해 일연은 기이한 이야기를 수용했다. 이 시집에 수록된 시들은 죽은 자의 기억을 산 자의 언어로 되살리는 애도와 귀환의 서정이다. 현실이 감당하지 못한 비극을 시가 감당하기 위해 설화성을 갖고 온 점이 특장으로 작용한다.

"별빛이 총구 불빛처럼 번쩍이는 겨울밤 잠든 아이를 업고 눈길을 따라 험난한 산을 타"(「잠든 아이를 업고 가네」)는 행위는 관찰자가 아닌 실천가가 되고 있는 시적 화자의 모습을 보여준다.

　　별빛이 총구 불빛처럼 번쩍이는 겨울밤 잠든 아이를 업고 눈길을 따라 험난한 산을 타네 애기야 애기야 잠든 아이를 부르며 눈길을 걷는 여인 애기야 애기야 이 산 너머 오름 밑 깊은 궤 속을 지나면 죽은 사람도 살아나는 낙원이 있대 살 갈라지는 겨울을 넘어가면 방구들처럼 뜨듯한 봄날만 있는 서천 꽃밭이 있대 꽃감관 할락궁이가 마중 나와 꽃밭으로 데려간대 애기야 애기야 등 기대 자지 말고 보채 울어봐봐 잠든 아이 어르고 달래 깨우는데 잠든 아이는 엄마의 등이 따뜻해 머리를 붙여 일어나지를 않네 아이를 업고 가는 밤 여인이 울며 눈 덮인 산을 타는 뼈

시린 밤 잠든 아이는 서천꽃밭에 먼저 올라 뛰노는 밤 여
인은 잠든 아이를 업고 산속을 헤매다 바람이 되었네 흐
읏 소리 내며 산을 타는 바람이 되었네 일흔 몇 번의 겨울
이 지나 영실 머리에 서자 잠에서 깬 아이의 웃음소리가
희미하게 들리네

—「잠든 아이를 업고 가네」 전문

  역시나 이 작품에서도 설화적 공간으로 '서천꽃밭'이 등장
한다. 이 작품에서 사용하는 구어체는 반복적인 어조이다.
시적 화자는 대상에게 계속 애원한다. 그러한 어조는 감정
이입을 유도하는 방편이 된다. 산문시이면서 바삐 걸음을
옮기는 어조의 작품이다. 이 비탄의 장소에서 벗어나기 위
해 걸음을 재촉한다. "별빛이 총구 불빛처럼 번쩍이는 겨울
밤"으로 시작하는 파열음은 "웃음소리가 희미하게 들리네"
가라앉는 절망으로 끝난다.
  호소력이 전해지는 구어체를 사용했다. 절박함과 체념
이 리듬화된 이 작품에서는 긴장과 공포가 서려 있다. 그것
은 시인의 목소리이자 증언자들의 목소리이기도 하다. 이
밤을 넘어야 하는 긴박함이 있다. 이미 죽은 자들을 어떻게
증언하게 할 것인가. 그것이 문학의 역할이라 오광석은 시
로 꾸준히 증언한다. "여인은 잠든 아이를 업고 산속을 헤
매다 바람이 되었네 흐윽 소리 내며 산을 타는 바람이 되었
네" 이것은 바람의 증언인가. 바람은 여전히 산을 탄다.
  제주의 풀 한 포기, 돌멩이 하나에도 4·3이 서려 있다고

유적지에 가본 사람들은 체감한다. 오광석에게 시인은 고통의 증언자가 되는 것이다. 문학은 지금껏 말하지 못한 역사, 잊힌 역사에 대해서 말해왔다. 침묵 속에서 외치는 자는 문학가이다. 이 시에서 어머니는 현실과 죽음의 경계를 걷는 존재로, 살아 있는 증언자다. 어머니는 그 죽음을 온몸으로 짊어진 채 산을 헤매며 죽음조차 넘어선 기억을 전하고자 한다. 이승과 저승을 넘나들 수 있는 설화성을 확보한 오광석은 서천꽃밭에서의 소생甦生을 기원한다.

"애기야 애기야 등 기대 자지 말고 보채 울어봐봐" 이 구절은 아이에게 전하는 간절한 외침이다. 하지만 아이는 아주 깊은 잠에 빠져 있다. 아이의 죽음을 받아들일 수밖에 없는 상황에서 어머니가 선택한 것은 바람이 되어 고통의 진실을 증언하고자 하는 몸짓을 보여주는 것. 그리고 시 외적으로는 4·3이 어느 정도 진상규명이 되었다고 해도 멈추지 말고 계속 증언해야 한다는 시인의 의지이자 다짐이다. 눈을 떠울어보라는 것은 독자에게 전하는 시인의 메시지다.

국가 안보라는 명목으로 초법적인 형태의 양민학살이 이어져왔다. 그러니 증언자는 살아남은 자가 아니라, 죽음과 삶의 경계에 남겨진 자로 예외 상태의 처지가 되어 증언을 하는데, 이는 오광석 시의 목소리와 일치한다. 증언자였던 어머니는 결국 자신의 존재도 사라지는 순간까지 고통을 짊어진다. 바람은 그녀가 남긴 무형의 증언이며, 듣는 이(독자)가 그것을 "영실 머리에 서자 잠에서 깬 아이의 웃음소리가 희미하게" 감지한다는 마지막 구절은 문학적 증언의 본질을 잘 보여준다. 이 마지막 구절은 시 전체의 무게를 뒤흔든다. 불안해도 따라가던 보폭이 숨죽어버리기 때문이다. 그것은 절망인 동시에 회생이다. 죽은 줄 알았던 "아이의 웃음소리"(울음이 아닌 웃음)는 기억의 회귀이자 증언의 회복이다. 현생과 이계를 넘나드는 호모 사케르의 목소리로 시인은 음성을 낸다.

오광석은 그 경계의 시간에 공간을 만들어왔다. "어디선가 아이를 찾는 소리가 들렸어 땅속 깊은 자리에서 잃어버린 아이를 찾는 소리가 들렸어 아이는 땅속 세상으로 돌아가고 싶어 다른 굴을 찾아 헤매다 빌레 위에 앉아 울었어"(「땅속 아이」)와 같이 어떤 감각을 활용해 죽은 자를 소환한다. 그러한 현상은 시인의 바람이자 우리의 결의일 터이기에 이 시집 도처에 있는 환상성이 설득력을 얻는다.

4. 전승되는 이야기의 시간여행

어느덧 제주4·3은 77년 세월이 지났다. 당시 생존자들도 이제 나이가 팔순, 구순이다. 몇 해 더 지나면 문헌으로만 남게 된다. 직접 이야기를 들을 수 없게 된다. 마침 4·3기록물이 유네스코 세계기록유산으로 등재된 점은 시사하는 바가 크다. 4·3을 미래세대에 전승하기 위해서는 기록이 중요하다는 것이 새삼 강조되었다. 그동안 4·3의 진실을 알리기 위한 과정에서 남은 것은 기록이다. 문학 또한 이 기록의 하나일 것이다.

그렇다면 오광석은 이 4·3의 전승을 어떻게 고민하고 있을까? 시「바닷가 그 집」은 제주의 집이며 그 집은 제주라는 세월의 공간이다. 시인은 이 작품과 같이 우리가 머무는 이 공간의 변화가 없는 점에 주목한다. 아무리 시간이 흘러도 이곳은 이곳이다. 세상은 계속 변화를 하겠지만 이곳의 진실은 단 하나이므로.

태흥리 집에 가면 늘 바다 냄새가 났다
돌문어 삶은 냄새 우럭 비늘 냄새 전복 껍질 마른 냄새
물질하고 돌아온 고모의 냄새

코끝으로 밀려오는 냄새가 싫어
차 안에 웅크리고 앉은 나를
형은 당겨 내리며 말했다
우리는 바다에서 태어나는 거야

방문 너머 비릿한 냄새 사이
동생들을 끌고 불타는 가시리를 떠나
바닷가로 내려온 고모
타들어가는 가슴에 끼얹은 파도 소리
수십 년의 시간을 넘어 밀려오는
불면과 통증의 파도 소리
형과 내가 나란히 누워 보내는 밤

　　　　　　　　　　　—「바닷가 그 집」부분

태흥리 묵은가름도 잃어버린 마을 중 한 곳이다. 묵은가름 마을이 불타고, 사람들이 죽임을 당했다. 살아남은 사람들은 태흥리 바닷가에 가서 목숨을 이었다. 어디 이 마을뿐이랴. 중산간마을에서 살다가 소개되어 제주 바닷가로 내려와 살아온 사람들이 있다. 태흥리도 아기장수 설화가 전해지는 곳인데, 오찰방 설화도 그렇고, 제주 전역에 이 이야기가 전해온다. 그만큼 민중의 한이 널리 퍼져 있다는 것이리라.

물질을 하는 고모에게서 나는 바다 냄새가 싫었던 '나'는 형의 손에 이끌려 겨우 고모네 집에 들어간다. 그러면서 형이 '나'에게 하는 말은 의미심장하다. "우리는 바다에서 태어나는 거야"는 제주 태생 시인의 근원이자 의무로 들린다. 제주에서 태어난 시인은 4·3 시를 써야 하는 운명을 만난다. "불면과 통증의 파도 소리"는 미래에도 우리가 건너야 할 숙명이다. 그러므로 "형과 내가 나란히 누워 보내는 밤"은 세대 전승의 몫을 다하겠다는 전언이다.

"무서워하지 말고 돌로 성을 쌓아 마을을 지키렴 돌로 높은 성을 쌓아 너희를 잡아가지 못하게 하렴 검은 마물들이 넘어오지 못할 만큼 돌로 성을 쌓으렴 산을 내려온 마물들이 가족의 얼굴로 죽어도 모두 불태워버리렴 우리는 낮에 찾아와 너희 곁에 있을게"(「그슨새」)라고 거념하는 말이 슬프게 들린다. 이는 죽은 아이들에 대한 안타까움으로 살피는 말이기 때문이다. 그러니 그에게 세대전승은 살아남은, 살아갈 사람들에게만 잇는 것이 아니라 죽은 사람들도 함께 가는 여정이다.

"동생들을 끌고 불타는 가시리를 떠나/ 바닷가로 내려온 고모"를 보면 알 수 있다. 고모가 동생들을 데리고 지옥에서 빠져나왔다. 그리고 '나'는 형에 비하면 아직 두리다. 그러니 이끌어줘야 한다. 4·3에 대해서 속솜해야 하던 시절이 지나고 이제는 도내 학교에서는 4·3교육이 강조되고 있다.

오광석은 4·3 희생자 중에서 유독 아이들을 더 뜨겁게 끌어안는다. "아이는 밝은 세상을 보며 별처럼 반짝이는 눈을 꿈뻑거렸어 바람이 떠나면 악귀의 얼굴이 불쑥 솟아나 갈라진 머리를 부여잡고 울었어"(「땅속 아이」), "선흘리 아이들은 오름과 굴을 놀이터 삼아 산을 오르곤 했다/ 산 중턱을 쏘다니며 옛 시절 유물들을 찾아 헤매곤 했다/ (중략) / 산에서 내려온 건 푸석해진 뼈의 조각들 녹은 살점들/ 오랜 시간이 지나 산에서 내려오는 바람이 불었다/ 희미한 울음소리가 산기슭을 타고 내렸다"(「오래된 유물」)와 같이 이 섬에서 아이들은 순진무구한 채 목숨을 잃었다. 시인은 그런 아이들을 위해 시를 쓴다.

허물어져 가는 돌담
집터만 남은 자리
희미해진 올레
여전히 너는 서 있다
또렷하게 떠오르는 사람들
돌아오지 못하고

그냥 너만 살았다

너만 마을터를 지키고 있다

빌레못으로 숨어들어간 사람들

출구 없는 어둠 속을 헤매다

육신이 녹아 사라지면

산을 내려온 바람을 타고

돌아오는 사람들

홀로 살아 터를 지키는

너만 살았다고 아무도 타박하지 않아

그냥 오래된 이야기라

스쳐가는 사람들에게

나는 여전히 살아간다고

마을을 지키고 있다고

입구에서 바람이 불 때마다

팔을 들어 흔들어 보인다

— 「너산밧」 전문

　'너'는 서늘하게 우리에게 신호를 보낸다. '너산밧'은 애월읍 어음리에 있는 잃어버린 마을이다. 마을터를 지키는 '너'는 살아남은 사람일 수도 있고, 고향에 돌아온 귀신일 수도 있다. 어느 쪽이든 너산밧의 이야기를 전하는 일을 한다. "나는 여전히 살아간다고/ 마을을 지키고 있다고/ 입구에서 바람이 불 때마다/ 팔을 들어 흔들어 보인다"는 모습으로 잃어버린 마을을 지킨다.

여기서 '너'는 구체적인 인물이라기보다는 의인화된 마을의 수호자 혹은 돌담, 집터, 마을의 영혼 같은 존재로 보인다. 이는 전통 설화에서 특정 장소나 사물에 혼이 깃들어 그곳을 지키는 존재로 남는 이야기들과 유사하다. 그러니까 잃어버린 마을에 깃든 정령을 표현했다. '너'는 소멸했다가도 바람을 타고 돌아오는 존재들로 묘사되어, 우리 민속설화에서 흔히 보이는 혼령의 귀환, 조상의 영혼이 자연을 통해 돌아오는 서사와 맞닿아 있다. 더욱이 이 설화는 전세계적으로 널리 퍼져 있는 보편적인 이야기이기도 하다. 이런 보편성이 끔찍하게 다가오는 점이 오광석 시의 서글픈 부분이다.

비극을 품은 이야기는 그 마을에서 전설이 된다. 이 시에서는 빌레못의 비참한 넋을 담고 있다. 1949년 1월 16일, 이 빌레못에 숨어 있던 마을 사람들 수십 명이 토벌대에 의해 학살을 당했다. 이 굴은 황금곰의 화석이 발견되는 등 고고학적 가치가 매우 커 천연기념물로 지정되어 있는데, 피로 물든 동굴이 되어버렸다.

이 작품에서 '너'는 기억으로 전하는 세대전승의 역할을 맡는다. "나는 여전히 살아간다고/ 마을을 지키고 있다고" 선언한다. 전승을 위해 반드시 필요한 것은 기억이다. 황폐한 마을에 머무는 '너'라는 존재가 그 터전을 지키는 것 자체가 기억의 전승 행위이다. 모습을 드러내 팔을 흔드는 신호를 보낸다. 나 아직 여기 있다고. 기억하고 말하지 않으면 잊힐 수 있기에 "그냥 오래된 이야기라/ 스쳐 가는 사람들에게" 기어코 신호를 보낸다. 잊지 말아줘. 나는 아직 여기 살아 있고, 너희에게 이 이야기를 전해주고 싶어.

어디 너산밧뿐이랴. "떠나간 아이들의 목소리가/ 돌담 사이로 흐르는 바람에 실려온다"(「자리왓 돌담」)는 자리왓에서도 죽은 자들을 소환한다. 12·3 비상계엄 사태 당시 현대사에서 국가권력에 의해 목숨 잃은 사람들이 현재를 사는 우리를 구했다는 말이 회자되었다. 역기남도에서는 무덤들사이로 무수한 고사리들이 솟고, 까마귀들이 악악 비명을지른다.

> 섬이 화염에 무너진 시대
> 불타는 오름 재가 된 마을
> 그 속에 뿌려진 종자들
> 그 위에 뿌려진 골분骨粉들
>
> 아래 세상에서 자라
> 위의 세상을 걸어
> 땅으로 돌아간 사람들에게서 자라나
> 땅 아래 사람들과 땅 위 사람들을
> 이어주는 고리들
>
> ─「섬의 고리」 부분

고사리를 '섬의 고리'로 인식한 이 시에서 "아래 세상에서 자라/ 위의 세상을 걸어"는 재생을 뜻한다. "아래 세상"은 죽은 사람들이 묻혀 있는 땅이기에 조상들의 세계이며, "위의 세상"은 삶, 현세 혹은 하늘에 가까운 현재의 사람들을 말한다. 이는 생명 순환의 고리이며 이러한 연결로 식물에 담긴 설화를 활용한다. '종자'는 삶의 가능성이고, '골분'은 죽음의 흔적이다. 이 두 가지가 뿌려진 섬에서 고사리가 솟는다. 이는 죽은 이들의 영혼이 땅의 거름이 되어 다음세대의 삶을 키운다는 민속적 세계관을 나타낸다. 그것의 증거는 고사리이며, 그 고사리들은 우리 사람들이다. 그러니까 '고리'는 단절 없는 연결, 세대와 세대, 죽은 자와 산 자, 과거와 현재를 엮는 매개체로 기능한다.

잿더미로 이루어진 오름이 있는 이 섬에서 생명의 고리는 우리의 기억이다. 이 시를 통해 기억은 지나간 시간을 현재 속에 되살리는 창조적 힘이 될 수 있다고 말할 수 있다. 제주에서는 4·3을 '사死·삶'이라 부르는 경우가 있다. 이 말에 담긴 의미가 "살암시민 살아진다"는 제주어의 관용표현과 같이 존재로 기억을 전승하는 것이기에. 기억은 과거에 묻혀 있지만 생명을 낳는 힘이 되어 우리를 존재하게 한다. 그리고 우리가 존재하는 것은 미래의 존재를 위한 기억 행위이어야 한다. 과거로부터 물려받은 세계를 책임 있게 이어주는 것이 정치적이고 윤리적인 행위라고 이 시는 말한다. 우리의 임무는 책임 있는 전승자가 되는 것이라고.

그 점은 제주도에만 국한된 것은 물론 아니다. "남해를 넘어 날아가다가/ 여수바다 앞에 떠다녔으면/ 금남로 망월동에 불그스레 불렸으면/ 지리산 둘레길마다 꽃길로 깔렸으면/ 태백산맥 줄기를 타고 올라/ 금강산 자락에 꽃잎이 날렸으면/ 산에서 피어오른 구름을 타고/ 태평양 넘어 미얀마에도/ 꽃비가 내렸으면 했다"(「동백의 꿈」)의 지구적 연대를 추진한다. 동백은 강요배의 그림 〈동백꽃 지다〉 이후 제주4·3의 상징이 되었다. 이 시구는 제주 동백꽃이 기억의 꽃이자 저항의 상징으로, 한국 현대사의 여러 비극의 장소를 거쳐 국경을 넘어 미얀마까지 퍼지기를 바라는 바람을 담고 있다. 이는 제주4·3뿐 아니라, 국가폭력에 희생된 모든 민중의 기억과 저항을 상징화했다. 이는 시인의 보편적 연대의 시학이다.

*

시인 오광석에게 '우리'를 기억하는 목소리의 밀교는 비가시적인 기억의 계승을 위한 방식이다. 이때의 '우리'는 죽은 자와 산 자 모두를 일컫는 말이다. 제주4·3은 오랜 시간 침묵과 금기의 역사였다. 오광석은 이를 시적 환상성과 기억의 윤리로 접근한다. 말할 수 없던 것이 은유적 언어로 나타나기 위해서 그가 선택한 방식은 4·3문학의 지평을 더 넓히는 계기가 되었다.

이 시집에서 우리는 환상성이 저항의 언어가 될 수 있다는 점을 확인했다. "길을 걸으며 올려다보는데/ 한라산 자락에 구름이 살짝 걷히자/ 희미하게 장두의 웃음소리가 들린다"(「장두의 길」), "세상을 덮는 주술의 색/ 덧칠해지는 순간/ 저쪽 세상과 겹쳐지는 섬/ 사라진 사람들이 넘어온다"
(「사라진 사람들이 돌아온다」)와 같이 역사는 문서로만 남
지 않고 자연, 이미지, 노래 등의 감각 속에 숨어 전해진다.
현실이 피폐할수록 환상이 더욱 부상한다. 때로는 현실을
회피하기 위한 방식이 환상이라는 한계를 말하기도 하지만,
이 시집은 환상을 적극적으로 활용해 현실을 더욱 명징하
게 형상화한다.

오광석의 시는 기억하지 않으면 사라지는 존재들에 대
한 문학적 응답이자 호명이다. 그에게 시는 말 못할 역사
를 말하는 통로이자, 기억 회로에 불을 켜는 장치이다. '밀
교'는 비공식 기억의 전달 체계로서의 문학이다. 이제 우
리는 이 기억의 전개도를 갖게 된 셈이다. 최근 4·3기록물
이 유네스코 세계기록유산에 등재되었다. 비로소 4·3이 인
류의 기억이 되었다. 4·3시는 계속 새로운 모습을 모색 중
인데, 이 시집은 그 변화의 한복판에 놓여 있다. 그렇게 이
시집은 문학적 이벤트 호라이즌, 그 너머의 감각으로 연결
을 시도한다.

현대시세계 시인선 **180**

귓속의 이야기

지은이_ 오광석
펴낸이_ 조현석
기 획_ 김정수, 우대식
펴낸곳_ 북인
디자인_ 푸른영토

1판 1쇄_ 2025년 06월 10일
출판등록번호_ 313 - 2004 - 000111
주소_ 121 - 842 서울 마포구 서교동 460 - 34, 501호
전화_ 02 - 323 - 7767
팩스_ 02 - 323 - 7845

ISBN 979-11-6512-180-8   03810
ⓒ오광석, 2025

이 책은 제주특별자치도와 제주문화예술재단의 2025년
제주문화예술재단 지원사업 후원을 받아 발간되었습니다.